關於愛的
二十一個真相

MATTHEW DICKS

TWENTY-ONE TRUTHS

ABOUT LOVE

馬修‧迪克斯 著

李麗珉 譯

獻給薛帕，
他永遠都明白，
即便可能只有他和我（知道）。

感謝

非常感謝以下這些人讓這本書成真：

我的妻子，伊萊莎，我是為她而寫作的，即便她並沒有按時閱讀我的文稿（或者根本沒有看）。

我的岳父岳母，芭芭拉和葛瑞·格林，感謝他們用他們的熱情、興奮和主動的諮詢填滿我的生活。大約每隔一個月，葛瑞就會說：「麥特，告訴我什麼興奮的事！給我一些新聞！」他完全不知道我要等多久才能等到有人問我這樣的問題。

馬修·薛帕德，他向來都是我的第一個讀者，也是永遠可以看到他人所看不到之處的那個人。

我的弟弟，傑瑞米，他為本書一個可能破壞全局的癥結提供了一個解決辦法。如果不是他絕妙的建議，我可能還在這個問題裡掙扎著無法脫身。他提出這個建議時，我們正好一起坐在吉列體育場第331區裡，看著愛國者隊贏得另一場勝利。

當專業發展研討會被證明一點都不專業，而且也幾乎沒有發展性時，唐娜·高斯克和艾咪·多賀提就已經先行閱讀過這些清單了，當時，它們甚至都還沒有成形為一本小說。我想要用一些無厘頭的趣事讓她們發笑的企圖，意外地成就了這個故事。

史提夫‧布勞斯，他讓自己在不知情的情況下變成了這本小說裡的一個角色，而且在木已成舟之後也沒有抗議。他就和他在這本書裡所描繪的一模一樣：聰明、大膽、無與倫比地堅持操守。

　　在本書處於草稿階段就已經禮貌地閱讀過本書的那些朋友，他們告訴了我哪裡過於遲鈍、難解，而且一點都不有趣。你們那些沒有節制、傷人的言語讓這本書變得更好。

　　凱特琳‧薩維里尼，我的文案編輯，不僅幫我避免了許多文學上的尷尬，也超越了她職責範圍地做了功課、確認和訂正本書裡許許多多的非虛擬參考資料，並且一而再、再而三地更正我的數學。一名文案編輯的工作範圍真的是無邊無際啊。他們就像文學世界裡的瑞士軍用小刀，我很高興凱特琳‧薩維里尼是如此銳利的一把瑞士刀。

　　娜娜‧史托茲雷，本書最終稿的校對。身為一名完美主義者，即便是最小的錯誤都能讓我發狂。知道有一名專業的完美主義者會逐行閱讀這本書，讓我得以夜夜好眠。

　　我還要感謝每一個信誓旦旦對我說一堆清單絕對構不成一個故事的人。我很樂意聽到人們告訴我什麼事情是我辦不到的，不過，我更喜歡說：「我早就告訴過你了吧。」

　　漢娜‧布萊頓，我的編輯和同謀，她把這本書從窮鄉僻壤中救出來，帶到了山頂之巔。我覺得自己很幸運，可以找到如此有才華、如此嫻熟的人，將我的作品從零和塗鴉的層次，引導成為一本真正的書。

　　最後，我要感謝泰倫‧法格尼斯，我的經紀人、朋友和我創作生涯中的夥伴。她在多年以前從一堆廢稿裡發現了我，然後永

遠地改變了我的人生。她讓我的詞句更動人，讓我的故事更精采，最終，也讓我的生命更美好。有人可以讓你夢想成真，這種事情並不是經常發生，不過，她做到了，對此，我也將永遠心存感激。

11月

防止吉兒懷孕的方法
1. 拒絕和她上床
2. 假裝高潮
3. 在她不知情之下戴保險套
4. 背著她去做輸精管結紮

防止吉兒懷孕的實際方法
1. 假裝高潮
2.

財務狀況
存款：11,562

收入
我告訴吉兒的數字：1,800
實際數字：773
吉兒的收入：2,900

支出

　　房貸：2,206

　　Toyota：276

　　Honda：318

　　汽車保險：175

　　助學貸款：395

　　有線電視和網路：215

　　電費：85

　　汽油：775！（什麼？）

　　電話：180

　　瓦斯：120

　　其他：太多了

我們的錢還剩幾個月就會用光

　　9

吉兒認為我們的錢還剩幾個月就會用光

　　永遠不會

每個小時裡，我有幾分鐘在擔心沒有錢的問題

　　52（大約）

11月4日
上午6:00

沒有以下這些東西的天數

巧克力糖霜甜甜圈	443
口香糖	12
哭泣	19
小黛比點心蛋糕	1
綠色蔬菜	9
用牙線剔牙	0
顧客的不滿	3
後悔辭掉我的工作	0
老爸	5,647

11月4日
上午8:10

說謊的五個問題

1. 我們最常對自己所愛的人說謊。
2. 沒有什麼比說謊被抓包更丟臉。
3. 一個謊話通常都需要更多的謊話來掩飾，這讓坦白變成了不可能的事。
4. 說謊的人是最糟糕的人類。
5. 謊言總是粉飾了你最糟糕的一面。

11月4日
上午8:40

出於好意的說謊者為什麼就像侏羅紀公園每一代的擁有人一樣
　　他們從來都不想傷害任何人。
　　他們的表現總是狂妄自大。
　　否認會助長並且加劇問題。
　　隨著時間過去，情況會無可避免地變得越來越糟。
　　結局從來都不美好。

關於侏羅紀公園系列電影的嚴重問題
　　為什麼不創造只吃植物的恐龍？雷龍和劍龍真的還不夠刺激嗎？

為什麼定義雷龍的過程像煉獄
　　雷龍曾經被認為是一種恐龍，然後又不再被認為是恐龍，不過現在，牠可能最終又被認定是恐龍了。

11月4日
上午9:30

新篇章的十一月精選
　　羅伯特・路易斯・史蒂芬森所著的金銀島（吉姆・霍金斯是他那個年代的約翰・麥克連）❶
　　艾尼斯特・克林的一級玩家（艾尼斯特・克林顯然活在我青

少年時期的腦海裡）❷

　　安德烈·阿格西的公開：一部自傳❸

　　馬克思·布魯克斯的末日之戰❹

　　比利·柯林斯的彈道學：詩歌❺

比利·柯林斯這個名字還有什麼其他的選擇（依照我的喜好順序
排列）

　　比利·柯林斯

　　威爾·柯林斯

　　比爾·柯林斯

　　威廉·柯林斯

　　威利·柯林斯

我的名字還有什麼其他的選擇（依照我的喜好順序排列）

　　丹·梅洛克

　　丹尼爾·梅洛克

---

❶ 吉姆·霍金斯是金銀島（*Treasure Island*）小說中10歲大的男主角。約翰·麥克連則
　是電影終極警探（Die Hard）的男主角。

❷ 一級玩家（*Ready Player One*）是美國作家艾尼斯特·克林（Ernest Cline，1972-）於
　2011年8月出版的科幻小說，獲得美國圖書館協會青少年圖書館服務協會2012年度亞
　歷克斯獎，並榮獲2012年普羅米修斯獎。後於2015年改編成同名電影，由史蒂芬·
　史匹柏導演。

❸ 公開：一部自傳（*Open：An Autobiography*）是前世界第一網球名將安德烈·阿格西
　（Andre Agassi，1970-）於2009年出版的回憶錄。

❹ 末日之戰（*World War Z*）是美國作家馬克思·布魯克斯（Max Brooks，1972-）於
　2016年出版的驚悚科幻作品，並於2013年改編成同名電影上映，由布萊德·彼特主
　演。

❺ 彈道學：詩歌（*Ballistics：Poem*）是美國桂冠詩人比利·柯林斯（Billy Collins，1941-）
　出版於2010年的詩歌合集。

隨便什麼名字都好

丹尼‧梅洛克

網路上宣稱這些威廉的暱稱都是真的，不過其實並不是

連恩

威爾斯

維利

11月5日
上午11:30

基於孩子的原因，愛因斯坦有條件地同意和老婆保持婚姻關係

條件如下

A. 你需要確定：

　1. 我的衣服和要洗的衣物必須保持井然有序；

　2. 我會在我的房間裡規律地接收到三餐；

　3. 我的臥房和書房必須保持整齊，特別是，我的桌子只有我
　　能使用。

B. 你需要放棄所有和我的私人關係，因為那在社交理由上完全
　沒有必要存在。具體來說，你需要放棄：

　1. 我和你一起坐在家裡；

　2. 我和你一起出去或者和你一起去旅行。

C. 在你和我的關係裡，你需要遵守以下事項：

　1. 你不能期望我對你做出什麼親密行為，你也不能用任何方

式來責備我；

2. 如果我要求的話，你就不能再和我說話；

3. 如果我要求的話，你就得立刻離開我的臥房或者書房，不得抗議。

D. 你需要承諾不在孩子面前貶低我，不管是言語上或者行為上。

基於幾個條件，我會同意和吉兒繼續保持婚姻狀態（這也是一份真實的清單）

條件如下

A. 你會讓我繼續當你的丈夫。

B. 你不會趁我睡著時殺了我。

柯夢波丹和性

我有多少次曾經看到柯夢波丹在封面上宣傳當期內文有一篇提供了上百則性愛小秘訣的文章：9

我有多少次曾經受到這些小秘訣的誘惑，因而想要買這些雜誌：9

我有多少次真的買了這些刊登有性愛小秘訣的雜誌：3

我所購買的各式雜誌裡，加起來總共有多少條性愛小秘訣：304

有用的性愛小秘訣有幾條：1

在吉兒眼裡，這些性愛小秘訣有用的有幾條：0

11月6日
下午4:20

吉兒在午餐時間發來的簡訊

我真希望賈斯伯沒那麼蠢。白痴是怎麼當上校長的？

一如往常的蠢事。連說謊都說不清楚。自私的混蛋。

你真幸運能逃離這個地方。

我想念你在這裡的時候。我喜歡在白天的時候看到你。

不，我沒事。你待在那裡就好。繼續賣你的書。

說真的，我很好。我有莉莎和茱莉，還有番茄湯。

你從店裡回家時，可以順路去買狗糧嗎？藍饌的。●

我不想聽到這個。克萊倫斯值得擁有最好的。

和小熊軟糖的尺寸相比，蠕蟲軟糖的大小讓我對整個軟糖世界感到懷疑。

我更愛你。

11月8日
上午11:00

我很愚蠢的證明

- 當我還是個孩子時，我把我的棉花糖掉到了地上，還試著要用水管把它沖洗掉。
- 當我在念高中時，我依然不明白為什麼「一個小時後的四分之一小時」不是一個小時後的二十五分鐘，因為四分之一美元不就是二十五分錢。

- 我總是讓自己陷入困境。
- 我曾經問過一名警察（很誠心誠意地問），她要如何幫一個獨臂的嫌犯上手銬。
- 直到最近的最近，我都以為女人有前列腺。
- 當我還小的時候，我以為演員幫電影拍攝死亡情節的時候，他們是真的在現實生活裡死了，所以，除了卡通之外，我什麼也不敢看。
- 直到最近，我才發現醃黃瓜是腐敗的黃瓜。
- 一直到我重了二十磅，我才知道果汁富含熱量。
- 我曾經在拉芙恩太太當導師的那班三年級裡對班上的同學解釋說，新月是指一顆月亮消失了，並且被另一顆全新的月亮取而代之的意思。語畢，我企圖假裝自己是在開玩笑，即便大家都知道我不是。然後，我就開始哭了。

11月10日
上午9:10

認識吉兒的五年

在第一次教職員會議時坐在吉兒旁邊

在第一次教職員會議上讓吉兒大笑

在第一次教職員會議時愛上了吉兒

當吉兒和那個可惡的菲尼約會時，苦苦思念著她

---

❻ 藍饌（Blue Buffalo）成立於2002年，是美國專業通路銷售第一名的寵物天然食品公司。

在吉兒和菲尼分手後，沒有適度地等待（三天）

和吉兒約會

知道了彼得的存在

懷疑自己是否可以和一個寡婦約會

發現我原來一直很愚蠢

在尼加拉瀑布的廉價汽車旅館度過了一週年紀念

被吉兒拋棄

過了二十三天的地獄生活

再度和吉兒交往

搬去和吉兒同居

在我們的第二個週年紀念日向吉兒求婚

承認從來都不想要孩子「從來、永遠、絕對」

就孩子的問題談判（爭吵）

「七十二小時的沉默」

在孩子的問題上讓步（吉兒會說是「同意」）

就孩子的宗教問題進行談判

重新考慮（我，不過，吉兒也許【可能】也是）

取消訂婚（只是在我的腦子裡）

第二次重新考慮

臨陣退縮

結婚

在玉蘭花山丘買房

在緬因州的肯尼邦克港度過結婚一週年紀念日

辭去教職

開書店

在孩子的問題上重新談判失敗

試著懷孕

假裝高潮

11月12日
上午8:30

即將發生的財務災難可以有以下的解決方案

- 第二份工作（什麼工作？何時開始做？我要怎麼對吉兒解釋？）
- 樂透
- 寫一本小說（你真的可以靠這個賺錢嗎？）
- 當日沖銷（我需要錢才能開始嗎？）（真的有這種事嗎？）
- 玩撲克牌
- 感謝卡的點子
- 寫信給百萬富翁

即將發生的財務災難有以下務實卻不可行的解決方案

- 向吉兒承認我是個失敗者（這其實無法真的解決問題）
- 向媽媽借錢
- 向傑克借錢
- 找一個投資人來投資一家利潤很低的書店

最好但卻依然不可行的解決方案

- 讓這家書店有更多的利潤

如果我有時光機的話，這會是最好的解決方案

- 不要辭去我的教職
- 不要開這家書店
- 不要在我們的活期存款逐漸消失之際，還用了十三個月的時間在不斷地否認和說謊，然後才想到要把實情告訴吉兒

增加書店利潤的方法

賣更多書

把書賣得貴一點

和房東商量減租

裁員

裁員的優先順序（在一個理想的世界裡）

金伯莉

莎朗

艾咪

珍妮

史提夫

現實中的裁員順序（在某一名員工讓我感到害怕的世界裡）

莎朗

珍妮

艾咪

史提夫

金伯莉

11月15日
上午5:40

購物清單

家樂氏香脆麥米片（沒有假草莓）

狗糧

AA電池

顆粒超多的花生醬

小黛比點心蛋糕

傻瓜當沖指南❼

傻瓜撲克牌指南❽

鬱金香

壺球

威力球彩券

給媽媽的生日禮物

---

❼ 傻瓜當沖指南（*Day Trading for Dummies*）是美國商業金融作家安·洛格（Ann Logue）針對市場和投資策略的合理建議，提供有關實際當沖如何運作和如何避開常見陷阱的詳細信息。

❽ 傻瓜撲克牌指南（*Poker for Dummies*）是美國律師暨撲克牌玩家理查德·哈洛奇（Richard Harroch）和德州撲克兩指南的作者盧·克里格（Lou Krieger）合著的撲克牌入門書。除了提供基礎知識，也幫助讀者了解如何透過探索策略開始接連獲勝；了解底注和下注結構；了解你的對手，了解賠率。

11 月 15 日
下午 7:50

我認為不存在、但實際上卻存在的東西

    傻瓜當沖指南

實際上不存在、但我卻認為存在的東西

- 壺球
- 對一個肌肉型店員解釋你為什麼以為壺鈴叫做「壺球」，而不會讓自己聽起來很蠢或者有點變態的方式

11 月 15 日
下午 10:30

分工

    吉兒：

        購買食物和大部分的家用品

        幾乎包攬三餐的烹煮（她不喜歡我煮的東西）

        打掃（根據她自己所說）

        洗衣服、折疊衣服，而且從來不把衣物收好

        幫花床除草

        換床單

        遛克萊倫斯、幫牠餵食

        清洗浴室

丹：

　付帳單

　把垃圾拿出去

　把垃圾拿出去之後重新裝上垃圾袋（不管吉兒怎麼說，這
　都是額外的家務）

　確實打掃

　洗衣服、折疊衣服，**並且把衣物收好**

　試著要洗吉兒的毛線衣和牛仔褲時把它們都毀了

　割草

　當吉兒不注意的時候，幫她把水槽上的乳霜／化妝水／肥
　皂／化妝用具整理好

　經常關燈（沒錯，這算是家務）

　清理冰箱

　剷雪

　把樹葉毫無意義地耙成堆，因為它們終究還是會被吹到鄰
　居的院子裡

　處理郵件（無論吉兒怎麼說，這也是一項很重要的家務）

　每週一把垃圾和回收物拿到路邊

我知道彼得負責的家務，因為吉兒告訴了我

　煮飯

　付帳單

　遛克萊倫斯和餵牠

　「東西壞掉時會修理。他很擅長那種事。」

我知道彼得負責的家務，因為吉兒最終還是告訴了我，雖然她一開始沒有告訴我

消除吉兒的一切煩惱，包括錢、房貸、保險、退休計畫、壞掉的洗碗機、處理服務合同、清理排水溝、更換爆胎、再融資、疏通排水溝，這樣她就可以專注在她自己和她的事業上

11月16日
下午6:15

這個星期以來，別人對我說、但我卻聽不懂的話

「針對球門區的干擾傳球所做出的判罰實在太扯了。」

「某某公司的首次公開募股非常成功。」

「這是適合穿木屐的天氣。」

「這個城鎮的稅率真是荒唐。」

「你知道你正在播放五分錢樂團❿。是嗎？」

「你在原始生活21天⓫裡只能撐得過兩天。」

「最近怎麼樣，jabroni⓬？」

11月16日
下午9:25

身為老闆的問題

金伯莉以為她才是老闆。

史提夫才應該是老闆。

我從來都不想當老闆。

11月16日
下午10:05

我對書店老闆的原始願景

可以看好書

向聰明的人推薦好書

和作者吃飯

被謠傳正在創作一本小說

當今的書店老闆實際上的模樣

在我不太懂的 Excel 試算表格裡做基本的會計工作

要求三個青少年女孩,請她們不要在店裡抽電子菸

根據顏色、尺寸和封面設計幫顧客找書

把一個吃剩一半的瑪芬蛋糕從兩本尼爾森・德米勒❶的小說

之間拿走

在電話裡告訴顧客我們幾點打烊

大量的吸塵工作

---

❾ 五分錢樂團（Nickelback）是 1995 年成立於亞伯達哈納的加拿大搖滾樂團,也是商業
　上最成功的加拿大音樂團體之一,在全球擁有三千萬張的唱片銷售量。

❿ 原始生活 21 天（Naked and Afraid）是探索頻道播出的美國真人秀實境節目。

⓫ jabroni 是職業摔角術語,指專門負責輸掉比賽的選手,好讓後出場的選手在贏得比賽
　時更具有娛樂效果。除了貶義之外,也有開玩笑地指人為蠢材或失敗者的意思。

⓬ 尼爾森・德米勒（Nelson Demille,1943-）是美國動作冒險和懸疑小說作家。

11 月 17 日
上午 5:35

雖然我反對，但卻希望自己沒有反對的事情
　　公然裸體（只針對我自己的身體）

我想要改變的外貌（按照重要程度排序）
　　背毛
　　減掉二十磅
　　再減掉十磅
　　滿頭的頭髮
　　讓耳朵小一點
　　再高六吋
　　幫我失去的小腳趾找個替代品
　　脖子上的痣
　　除掉我腳趾上的毛
　　美白牙齒

以上這份清單上沒有列出來的東西，因為我不能把它們放在清單
上
　　小弟弟

11 月 17 日
上午 11:45

關於我的小弟弟的問題

　　除了色情書刊裡的小弟弟之外，我真的不知道當我勃起的時候，我的小弟弟和別人比較起來如何，我向上帝祈禱，色情書刊裡的那些小弟弟都不是正常的尺寸。

　　我不知道小弟弟的尺寸需要到多大才算令人滿意。

　　我不知道不同的女人對於小弟弟令人滿意的尺寸是否有不同的定義。

　　我不會修剪我的陰毛，因為那就暗示著當我不應該在乎這種事的時候，我其實很在乎，除非吉兒在乎，不過，我不知道她是否在乎。

11 月 19 日
下午 3:30

我辭去教職的原因

- 小孩不愛我
- 老師們不喜歡我
- 校長討厭我
- 無法再目睹讓孩子們受到犧牲的決定
- 對於既不專業、也沒有發展性的專業發展，無法再多忍受一分鐘
- 無法忍受要閱讀那些寫作技巧低劣的文筆

我辭去教職的真正原因
- 我不是一個夠好的老師
- 看到孩子們浪費那麼多時間和能力讓我很傷心

我當老師的原因
- 理解這份工作
- 我老爸的建議
- 向來都很喜歡學校
- 蘇利文先生
- 暑假

教學的啟示
1. 教學是唯一一個你至少要先觀察十五年，才能試著自己上場的工作。
2. 如果我老爸沒有這樣建議的話，我就不會當一名老師。
3. 即便我已經不是老師了，我依然視自己為一名老師。
4. 永遠都有太多的小孩需要拯救。
5. 如果我當老師唯一的原因是為了可以放暑假，那麼，直到現在，它仍然是一個很充分的理由。

我開書店的原因
我喜歡讀好書
我喜歡逛書店
我以為開書店很簡單

我曾經有過的最愚蠢的想法
擁有和經營一家書店很容易

擁有和經營一家書店最困難的事情

　　所有的事情。

　　還有⋯⋯

　　獲取利潤

　　管理員工

　　對員工（一名員工）解釋，向顧客傳教是不妥的

　　眼看著好書無人問津，而糟糕的書卻像剛出爐的蛋糕那樣大
受歡迎

　　把雜誌重新歸位

　　青少年

11月19日
下午8:50

*60分鐘／浮華世界*的民調顯示，以下六個選項當中，女性最希
望她們的男人改變的是

　　他的脾氣（29%的女性選擇此項）

　　他的朋友（11%）

　　他的母親（9%）

　　他的幽默感（8%）

　　他的外型（7%）

　　他的衛生習慣（2%）

吉兒對這個民調的評論

- 「她們的男人？真的嗎？這份民調是多久以前做的？或者
  這麼說，那些民調專家都是多大年紀的人？」

- 「60分鐘和浮華世界是很詭異的組合。」
- 「如果你需要改變你丈夫的脾氣，那你就需要換個丈夫。」
- 「改變你丈夫的幽默感意味著賦予你丈夫幽默感，還是修正他原本就有的幽默感？」
- 「我可以想像那些女人會說：『你有點像史菲德❶。我更希望你也能有一點比爾·希克斯❷的特色，也許再加一點阿特爾❸的風格。』」
- 「我想，如果我必須選擇的話，我會改變你媽媽，不過那是為了你，多過於為了我自己。」
- 「那些數字加起來只有66%，另外34%到哪裡去了？」

我對吉兒那些評論的想法

- 她不想改變我的外型。或者確切地說，她沒有把改變我的外型列在第一順位。我默默地在心裡雀躍了好一會兒，直到自我懷疑壓垮我，我才開始猜測她是不是故意不說，因為她不想傷害我的感情。然後，對於我老婆不喜歡我看起來的樣子，並且為了我而被迫假裝出她喜歡我的樣子，我感到很難過。這一切的轉變都發生在一秒鐘之內。
- 這些有脾氣的男人都是些什麼人，有脾氣的男人看起來又是什麼樣子？
- 她也太快就注意到這些民調加起來只有66%了。
- 我沒有留意到那些民調加總起來不到100%，這也許可以解釋為什麼書店的利潤太少。
- 比爾·希克斯和阿特爾是誰？

11月20日
下午2:20

我今天給金伯莉的意見

「不要再對顧客推薦聖經了。」

「莎朗的毛衣沒有問題。」

「你可以早點下班回家。」

11月20日
下午5:40

為了惹惱金伯莉，我對她說了一些關於耶穌的事實

1. 耶穌是猶太人。

2. 耶穌是社會主義者。

3. 耶穌是一個難民。

4. 耶穌反對死刑。

5. 耶穌反對在學校祈禱（馬太福音6:5）。

⓭ 史菲德（Jerry Seinfeld，1954-）是著名的脫口秀喜劇演員、作家、演員、電視電影製作人。他最出名的作品是美國家喻戶曉的情境喜劇「歡樂單身派對」。

⓮ 比爾‧希克斯（Bill Hicks，1961-1994）是知名脫口秀喜劇演員、社會評論家、諷刺作家和音樂家。他的作品涉及廣泛的社會問題，包括政治、宗教、哲學，頗具爭議性，充滿黑色幽默。

⓯ 阿特爾（Dave Attell，1965-）是美國知名的脫口秀喜劇演員和作家，他的作品受到許多喜劇演員的讚賞。

6. 耶穌反對累積財富。

7. 耶穌對同性戀和同志婚姻的議題保持沉默。

8. 耶穌是一個在餐桌上穿著涼鞋的棕色皮膚的中東人。

9. 耶穌是妓女的朋友。

丹的宇宙法則

經文是所有宗教信仰的基礎。一旦那個信仰受到錯誤卻根深蒂固的信奉時，經文也是世界上最難以被用來改變一個人信仰的東西。

一個人對宗教信仰的確信程度和他們對經文的實際知識之間，存在著反向關聯。

11月20日
下午8:10

最新情況

- 比爾・希克斯是一名脫口秀的喜劇演員。維基百科說，他的演出內容「充滿黑色幽默」。
- 大衛・阿特爾是一名脫口秀的喜劇演員。維基百科說「派頓・奧斯華德❶和比爾・布爾❷讚譽他為當今世上最偉大的黃色笑話喜劇演員。」
- 我知道派頓・奧斯華德是誰。
- 現在，我也知道比爾・布爾是誰了。

關於我婚姻的事實

　　吉兒老是談論一些我根本不懂卻希望自己能懂的事情。

　　吉兒是那種在高中的時候會收看每一集週六夜現場[18]、會親自縫自己的牛仔褲，並且在任何人知道什麼是龐克之前就已經在聽龐克的女孩。

　　我覺得我已經把我曾經做過的每一件酷事都告訴了吉兒，不過，她對我的了解似乎依然有限。

　　在我和吉兒結婚了幾乎六個月之後，她才告訴我說，她曾經在火人祭[19]裡表演過火舞，那比我這輩子所做過的任何事都還要酷，不過，那對她來說卻只是順帶一提的事而已。

　　吉兒某部分的生活對我來說永遠都是一個秘密，因為你不能對你的第二任丈夫說太多關於你和你死去的丈夫以前的生活。

　　吉兒的酷是我永遠都比不上的，那曾經讓我覺得很興奮，不過現在卻讓我感到非常地沒有安全感。

---

[16] 帕頓‧奧斯華德（Patton Oswald，1969-）是美國知名脫口秀喜劇演員、電視電影演員，曾經幫多部動畫電影配音。

[17] 比爾‧布爾（Bill Burr，1968-）是美國知名脫口秀喜劇演員、也是演員和播客。

[18] 週六夜現場（Saturday Night Live）是1975年在美國國家廣播公司首播的一檔週六深夜時段的直播喜劇綜藝節目，曾經獲得包括艾美獎在內的無數獎項。

[19] 火人祭（Burning Man）是一年一度在美國內華達州黑石沙漠舉辦的藝術節，從八月底到九月初為期一週。許多參與者認為這是一個以社區意識、藝術、自力更生、實驗精神、徹底自我表達為信念的聚會。

11月20日

下午 8:56

今天的數字

> 顧客：5
>
> 售出的書：2
>
> 售出的玩具：3
>
> 其他售出的物品：0
>
> 估計利潤：$52
>
> 支付金伯莉的薪水之後，剩餘的利潤估計：-$13

11月21日

上午 2:20

至今為止最愚蠢的清單

> 銀行
>
> 酒類專賣店
>
> 希特哥石油[20]
>
> 7-Eleven
>
> ATM

11月23日
下午10:30

感恩節心得

1. 罐頭蔓越莓醬什麼時候被樹枝和莓果這種鬼東西給取代了？

2. 拆封即食的盒裝馬鈴薯和餡料總是比較美味。人們只是太虛偽而不肯承認。

3. 傑克在餐前祈禱。十分地誠摯。每次，我都期待他會被閃電劈中。親愛的主啊，當那沒有發生時，我只有一點點的失望。阿門。

4. 蘇菲亞在祈禱時不像她丈夫那麼虔誠。她可能完全都在假裝。我想，她認為在祈禱這件事情上，傑克就是一個笨蛋。

5. 火雞太讚了。在感恩節吃火雞有點浪費。我們不應該只在和我們向來都不喜歡的人一起用餐時才吃火雞。

6. 四只空酒瓶？加上啤酒罐？都是誰喝掉的？

7. 當比賽的兩隊都是人們討厭的隊伍時，他們怎麼可能那麼在乎這場美式足球賽？

8. 「我們並不討厭那些球員。我們討厭的是他們的球衣。」這就是傑克喜歡說的蠢話，彷彿這句話是史上第一遭被說出來一樣，只不過，我太清楚這是他早就在電視上聽過一百萬次的話，因為他不可能聰明到會說出這種話來。

---

[20] 希特哥石油（Citgo）是總部位於美國休士頓的運輸燃料、潤滑劑、石化產品和其他工業產品的精煉商、運輸商和銷售商。

9. 傑克小時候比現在討人喜歡多了。

10. 有人需要告訴吉兒的弟弟，在你老爸的公司上班並不代表你就具備了財務技巧或創業能力。那叫做裙帶關係。

11. 很顯然地（或者根據吉兒的說法）我不需要當那個人。

12. 當你對你老婆那個從來不見面的弟弟「出言不遜」而讓她感到火大時，由於她實在太渴望要懷孕，所以就算火大，她那天晚上還是會和你親熱。

13. 憤怒下的性行為並非你以為的那麼不愉快。

吉兒可能會因為以下這些事而認為我是個混蛋

抱怨全食超市

給小費

只穿球鞋

克萊倫斯

討厭遊行

她弟弟

沒有改信猶太教（有可能）

彼得（有可能）

傑克（也許算是正當理由）

11 月 23 日
下午 11:20

我不了解傑克的地方

他擁有一個鈑金加工事業，但是，他在成長的過程中絕對不曾想要從事鈑金加工業。

他向來都喜歡黑武士達斯．維德勝過路克．天行者，即便在我們知道達斯會殺掉皇帝、並且拯救銀河系之前。

他真的喜歡爵士樂。

他會打領結出席節日的晚餐，即便沒有人要求他這麼做。

我以為他會變成一個叛逆的人。

他是一個從事鈑金加工業、會打領帶的守舊派，不過，他似乎很快樂。

青少年版的傑克會喜歡現在這個版本的傑克。

丹的宇宙法則 +1

如果童年版的你會討厭成人版的你，那麼，你的人生真的糟透了。

11 月 24 日
上午 12:05

關於星際大戰

我告訴別人說我喜歡韓索羅，不過，我喜歡的其實是路克．天行者。我覺得韓索羅是個混蛋。

達斯・維德殺了數十億無辜的人，然後救了他自己唯一的兒子。這並沒有讓他變成一個好人。他只是一個自私的裙帶關係實踐者而已。

　　丘巴卡和那些機器人的角色是很聰明的設計。他們不需要依賴會隨著年齡變老的演員來詮釋，所以，他們可以永遠出現在星際大戰的電影裡。

　　路克・天行者從赫特人賈霸手中拯救韓索羅的計畫，是銀河系有史以來最不明智的計畫。

　　讓每個人都被抓（包括你自己），結果拯救計畫反而變得倍加困難？

11月24日
上午12:20

吉兒在睡著前說的話

　　「感恩節快樂，親愛的。」

　　「有時候，順其自然就好了。這樣可以保持平靜。你知道嗎？」

　　「明天。好嗎？我今天吃得太多了。」

　　「傑克今天好像有點怪怪的。對嗎？」

　　「我也很想念罐頭蔓越莓醬。那個花生葡萄乾的東東爛透了。」

　　「祝你明天好運。」

關於黑色星期五最糟糕的事情

- 工作
- 傑克不用工作
- 感覺上好像沒有人在工作
- 一年裡最愚蠢的顧客
- 到處都是小孩
- 金伯莉（而且是每隔一天都這樣）
- 「不，我們不包裝禮物。」
- 「不，我們不包裝禮物。」
- 「不，我們他媽的不包裝禮物。」（我在腦子裡說的）
- 沒有考慮過要提供免費的禮物包裝。

關於黑色星期五最好的事情

- 自從我買下這家店以來賺最多錢的一天
- 它結束了

關於黑色星期五最糟糕的其他事

- 與去年的黑色星期五相比，今年的銷售額下降了30%
- 史提夫抓到一個企圖要偷六本雜誌的老太太，然後不得不打電話報警
- 當史提夫處理整件意外的時候，我一直躲在辦公室裡

11月25日
下午 11:25

「防止吉兒懷孕的方法」修正清單

   1. 假裝高潮

   2. 只用口交

   3.

在兩年的婚姻生活中，我被全程都用口交對待的次數

   0

11月26日
上午 9:25

我怎麼會出現在吉列體育場

   1. 傑克的死黨薛普有一張多餘的門票。

   2. 愛國者隊「只是和邁阿密隊玩玩而已」。（我不明白這是什麼意思）

   3. 史提夫和莎朗同意要看店。

   4. 媽媽把我和傑克以及他的朋友們共處一天的事弄得好像很了不得一樣。

   5.「湯尼不想和這場比賽扯上關係。」（我也不明白這是什麼意思）

參加車尾派對的人

　　傑克

　　薛普

　　泰賈兄弟（兩個人）

　　挪威人艾迪（我看不出他是不是真的來自挪威，或者他們只是在騙我）

11 月 26 日
上午 10:55

這個叫做薛普的傢伙

　　在一間宣傳醫療保險的機構做事

　　他沒有給我那種非營利工作者的印象

　　湯尼的姻親堂兄弟（就是那個不想和這場比賽有任何關係的人）

　　在到場一個小時內就喝醉了

　　喜歡口頭侮辱穿著邁阿密美式足球隊球衣、身材比他大兩倍的陌生人

　　他做的二次焗烤馬鈴薯超級好吃

　　「你不喜歡美式足球？那你為什麼來這裡？」

　　他提到了薛西弗斯[21]，我想只有我懂

　　「你至少還喝啤酒。馬蒂就不喝。」

---

[21] 薛西弗斯（Sisyphus）是希臘神話中的人物，他觸犯諸神，因此諸神罰他把一塊巨石推上山頂，然而巨石太重，還未推到頂就滾下山，於是他只能不斷重複、永無止境。諸神以為這是世上最殘酷的刑罰。

帶了沙拉來

看起來不像吃沙拉的人

「你為什麼一直在寫什麼鬼東西？」

我覺得他是一個自由論的社會主義者，不過，這兩者怎麼可能同時存在。

一個討人喜歡的混蛋

11月26日
上午 11:45

我為什麼一直在寫什麼鬼東西

「我希望有朝一日可以寫一本小說。」

「這些將來都派得上用場。」

「我的記憶太差了。」

我寫清單的真正原因

一開始是和治療師妥協的結果，因為寫日記太煩了

療程結束之後，列清單變成了一種習慣

在紙上思考

有助於理解事情

把事情列出來能讓它們離開我的腦子，讓我睡得著覺

丹的宇宙法則 +1

習慣只是一種假裝成蓄意和可控的偏執行為。

11月26日
下午4:45

美式足球讓我不解的地方

1. 「這是一場沒有意義的比賽，」可是，每個人都希望裁判死掉。

2. 為什麼一個美式足球迷寧可在十四度的天氣裡從很遠的距離外觀看比賽，而且方圓幾哩之內都沒有乾淨的廁所？

3. 車尾派對的食物很重要、很有規劃，而且很豐盛，可是，這些食物卻被放在一個看似從來都沒有被清潔過、而且在一天之內至少已經被生火使用過一次的烤架上烹煮。

4. 沒有「超過盤口❷」（不管那是什麼意思）可以讓一個原本正常的人對一張塑膠椅拳打腳踢至少十幾次。

5. 美式足球迷會在發抖到無法自已的情況下喝冰凍的啤酒。

6. 為什麼有人會穿著敵隊的隊服，走進一個充滿喝醉、智障和憤怒怪物的體育場裡？

7. 為什麼會有理智的父母要把小孩帶到這種環境裡？

8. 成年男子穿戴著珠子、臉上塗滿油彩、裝扮得像艾維斯一樣，如此一來，他們就會出現在那個巨型的電視螢幕上，而且完全不期待會得到任何報酬。

---

❷ 在某些體育比賽中，賭博業者或博彩公司制定盤口（spread），用於預測或設定兩支球隊之間的得分差距。這個盤口的設定可以作為投注的依據，投注者可以選擇支持其中一隊超過盤口（cover the spread）的得分差距。如果投注者預測正確的話，將可以獲得更高的回報，亦即贏得更多的賭金。

11月26日
下午6:05

我現在對美式足球的了解

- 十碼真的他媽的重要。
- 在被擒抱摔倒之前往前跑個三或四碼，會讓美式足球迷超級滿意，雖然那在我眼中根本沒什麼。
- 長內褲、牛仔褲、雪褲、連指手套和冰冷的手，讓尿尿變成了一件鄭重的任務。
- 在一場叫做美式足球的比賽裡，用腳踢的次數比你原本以為的還要少很多。
- 來看美式足球賽的女人一定不會在比賽中去尿尿。
- 計畫快速從停車場出去，幾乎就和贏得比賽一樣重要。
- 干擾接球是挑起美式足球迷最大情緒反應的事情。
- 在一項你幾乎不了解的運動賽事裡，有一支你從來沒有看過、也不在乎的隊伍觸地得分了，不知道為什麼，這竟然會讓你想要撲進一個陌生人的懷抱裡。
- 如果不用擔心凍瘡的話，我想，我會再去看一場美式足球賽。

11月26日
下午7:55

我今天尿尿的地方
　　麻州高速公路交流道的麥當勞廁所

乾淨到出乎意料的流動廁所

吉列體育場的一間男生廁所

停車場邊上的一棵樹後面

臭到翻天的一間流動廁所（也是之前去過的那一間）

麻州米爾福德的麥當勞廁所

傑克的後院（天色很暗）（我不想吵醒小傑克）

11月26日
下午10:00

傑克和他朋友今天說過的一些話，對他們而言，那些話似乎具有
重大的意義，不過對我卻一點意義也沒有

「沒有什麼比得上 Jags[23]的停車場。」

「停車場裡的玉米麵包。」

「威士忌和一本花花公子。」

「湯姆-他媽的-斯瓦勒[24]。」

丹的宇宙法則+1

僅僅只是一點點共同的語言和文化，就能讓一個人感覺自己
好像遠遠地站在一個團體之外，希望能找到一個進入的方法。

---

[23] Jags是指佛羅里達州的一支職業美式足球隊傑克遜維爾美洲虎（Jacksonville Jaguar）。
位於傑克遜維爾的TIAA銀行體育場是美洲虎隊的主場，可容納觀眾人數為67,838。

[24] 湯姆・斯瓦勒（Tom Swale，1946-）是一名編劇和製作人。主要作品有閃靈煞星、閣
樓上的男人等。

傑克

　　沒有充分地讓我對寒冷做好準備

　　在一場美式足球賽裡飆罵的髒話比任何地方還要多

　　試圖要讓我對美式足球發表的言論聽起來沒那麼蠢

　　我很喜歡他的朋友。

　　我無法相信他常常這樣。

　　他似乎很快樂也很放鬆。他們全都這樣。無憂無慮。

　　和傑克的朋友比起來，我沒有真正的朋友。

今天讓我有點嫉妒的人

　　湯尼

問題

　　我是什麼時候錯失了像這樣的朋友？

　　傑克知道我沒有什麼真正的朋友嗎？老媽知道嗎？那是我今

天為什麼來這裡的原因嗎？

　　如果不是美式足球的話，我生命中有什麼事能讓我理論上的

朋友們聚在一起？

　　朋友能讓事情變得容易些嗎？

11月27日

上午 11:15

原本可能的書店名字清單

　　人們腦子裡捏造的東西

人們在他們腦子裡捏造的東西

書

丹的白日夢

閉嘴，好好看書

只賣丹最喜歡的書（大部分都是）

吉兒的信天翁 [25]

書是唯一

新篇章

書籍勝過性愛

11月28日
上午7:00

有孩子的好處

 1. 他不會永遠都是個小嬰兒

 2. 你得要先製造它

 3.

有孩子的好處——瞎掰篇

 1. 我老了之後有人照顧

 2. 繼承家族的姓氏

---

[25] 信天翁（albatross）的英文也有沉重負擔之意。

有孩子的壞處

　　1. 得花很多錢

　　2. 永無止境地重複第一點

　　3. 要處理不是你自己的屎尿

　　4. 得吃不是食物的東西

　　5. 餵母乳（我何時才能重新奪回吉兒的酥胸？）

　　6. 男寶寶會尿在你身上

　　7. 安全門欄、汽車座椅和那些討人厭的櫥櫃鎖

　　8. 永遠都別想上餐館

　　9. 他們長大後，有可能變成混蛋和／或米蟲

為了避免有小孩，我所願意做的事情

　　1. 老了以後雇用別人幫我擦屁股

　　2. 容許家族的姓氏永遠消失

11月29日
上午10:40

我為什麼不改信猶太教的原因

　　1. 你不能就那樣自稱是猶太人。那是「一種過程」。

　　2. 需要行割禮（我已經行過割禮了，但我要堅持原則）

　　3. 只有一個有趣的節日（光明節）**㉖**

　　4. 連他們那個有趣的節日要怎麼拼都無法決定（Hanukkah, Chanukah, Hanukah）

5. 沒有裝飾。真的。什麼都沒有。

6. 食物不像廣告宣傳的那麼好吃。烤砂鍋？魚丸凍？猶太丸子湯是把未發酵的麵餅放進雞湯裡的一道菜。這些都不是什麼好吃的食物。

7. 沒有擬人化和／或神奇的生物

8. 圓頂小帽

9. 吉兒沒有要求我得要改信教

10. 我不相信神（不再相信了）（我認為）

丹的宇宙法則 +1

任何所謂的「過程」都無可避免地糟透了。

你可以藉由一道菜出現在餐廳菜單上的機率，來判斷它客觀上的味道。烤砂鍋在一般的餐廳菜單上找不到，因此，客觀上來說，它一定很難吃。

11 月 30 日
下午 5:15

在我死之前，我想做的、同時又能讓我賺到錢的事

1. 在一場和運動相關的賭局上贏傑克

2. 專業地玩撲克牌

---

❷ 光明節（Hanukkah），又稱修殿節、獻殿節、燭光節、哈努卡節、馬加比節等，是一個猶太教的節日。該節日是為了紀念猶太人在馬加比家族的領導下，從敘利亞塞琉古王朝國王安條克四世手上奪回耶路撒冷，並重新將耶路撒冷第二聖殿獻給上主。

3. 對某人（或傑克）（或者吉兒的弟弟）進行一場奈及利亞
   王子式的詐騙⊕

11月30日

下午9:39

我們十一月的行房次數：
   12

我假裝高潮的次數：
   0

在中途（半途？）假裝高潮的困難度
   無法估量的困難

11月30日

下午11:15

要送什麼禮物給老媽
   1.
   2.

距離老媽的生日還有幾天
   15

買一個貼心的生日禮物送給老媽的重要性

　　很重要

記得送老媽生日禮物的重要性

　　無法估計

---

❷ 奈及利亞王子騙局是一種詐騙手段，旨在騙取金錢或個資。行騙者通常會謊稱是奈及
　利亞政府官員或皇室成員，在獲取受害者的信任之後，向受害者承諾會給受害者很大
　的一筆資金，但是需要受害者預先支付一些所謂的「手續費」來提取這筆資金。這種
　詐騙手段的主要方式是透過傳真、郵件和電子郵件。

12月

12月1日
上午8:00

財務狀況

存款：8,003

收入

我告訴吉兒的數字：1,800

實際數字：1,275

吉兒的收入：2,900

支出

房貸：2,206

Toyota：276

Honda：318

汽車保險：175

助學貸款：395

有線電視和網路：215

電費：96

汽油：0

電話：180

瓦斯：135

聖誕節禮物：500+

聖誕樹：45

戶外照明：65

　　煞車系統：345

　　其他：還是太多了

財務解決方案的修正清單

短期

第二份工作

當日沖銷

線上撲克

寫信給百萬富翁億萬富翁

長期

寫一本小說

感謝卡的點子

不實際不過還是可行的辦法

樂透

12月2日

下午1:30

我們就孩子問題所達成的協議

　　1. 婚後兩年內不生小孩

　　2. 最少要生一個孩子

3. 只有在我們兩人都同意之下才能生第二個孩子

4. 不能對是否生第二個孩子的決定懷有罪惡感

5. 12-24個月的產假

6. 孩子的命名需要兩人百分之百的同意

7. 把以前那些白目學生的名字都否決掉，完全無須具有罪惡感

8. 丹有權選擇中間名

9. 孩子在行成人禮之後具有宗教的選擇權，無須具有罪惡感

12月3日
上午3:50

雖然修改過了，卻依然是有史以來最愚蠢的清單

　　銀行或信用合作社

　　希特哥石油

　　7-Eleven

　　ATM

比較不愚蠢的（不過還是不可思議的愚蠢）清單

　　速食

　　Mortenson's 或 Shady Glen（只收現金的餐館）

　　ATM

　　也許還有希特哥石油

12月4日
上午9:10

新篇章的12月精選

　　圖珀洛・哈斯曼的小女孩（校訂的部分既巧妙又偷懶）❶

　　凱塞琳・鄧恩的極客之愛（Geek Love）❷

　　伊莉莎白・斯塔基-法蘭奇的放射性夫人的復仇（多棒的書名）❸

　　男童軍手冊（每個小孩都應該要閱讀）（特別是斧頭基本安全的部分）

12月4日
下午12:00

本月被問及的最愚蠢的問題

　　1. 我知道飢餓遊戲❹是三部曲，不過，你認為他會再寫另一本嗎？

　　2. 如果書店不賣書的話，那麼，書店要怎麼賺錢？

　　3. 你為什麼不在這裡開一家星巴克，就像巴諾書店那樣？

　　4. 你可以幫我把這本書下載到我的iPad上嗎？

　　5. 你可以找史蒂芬・金或希拉蕊・柯林頓來辦個座談嗎？

我喜歡的書，今天被賣掉了幾本

　　4

我不屑的書，今天被賣掉了幾本

19

今天被賣掉的、也是我所不屑的書裡，有幾本和吸血鬼有關

6

12月5日
上午10:10

我們家的人數

2

---

❶ 小女孩（*Girlchild*）是美國作家圖珀洛・哈斯曼（Tupelo Hassman）發表於2012年的處女作。透過一個住在拖車上的女童來觀察拖車公園以及身邊的世界，是一部青春成長的小說。

❷ 極客之愛（*Geek Love*）是美國作家凱薩琳・鄧恩（Katherine Dunn，1945-2016）發表於2002年的作品。故事圍繞一個擁有巡迴馬戲團的家庭展開，他們透過使用藥物和化學品，生下一個又一個的怪胎。藉由描述這個馬戲團家庭的日常生活，作者探討了世人對怪異與正常、美麗與醜陋、神聖與淫穢的觀念。本書於1989年入圍國家圖書獎。

❸ 放射性夫人的復仇（*The Revenge of Radioactive Lady*）是伊莉莎白・斯塔基-法蘭奇（Elizabeth Stucky-French，1958-）發表於2011年的幽默小說，故事講述一名女子在不知情的情況下參與了一項政府的秘密醫學實驗，並因此而中毒。女子在40多年之後開始尋找當年主持實驗的醫生進行報復。

❹ 飢餓遊戲（*Hunger Game*）三部曲是美國小說家蘇珊・柯林斯（Suzanne Collins，1962-）於2008年起出版的青少年冒險科幻反烏托邦小說。共分三集，即首部曲「飢餓遊戲」、二部曲「星火燎原」與三部曲「自由幻夢」。飢餓遊戲三部曲甫出版即獲好評，前兩部更連續榮登紐約時報暢銷書排行榜。

我家的洗衣籃數量

   2

空的洗衣籃數量

   0

吉兒的乾淨衣服折疊好放在洗衣籃裡，平均可以放多久

   8個月（大約）

吉兒的衣服留置在洗衣籃裡最長的時間

   兩年，而且還在持續進行中（不是開玩笑的）

12月5日
下午4:00

艾咪辭職的理由

   「我要尋求新的挑戰。」
   「我希望能變得更像個企業家。」

艾咪辭職真正的理由

   討厭金伯莉

剩下的員工

   史提夫

金伯莉

珍妮

莎朗：現在只在週末上班

12月6日

上午10:22

我愛上吉兒的理由

願意把冰淇淋當成早餐、午餐或晚餐

也許愛書比愛我更多

以近乎狂熱的激情捍衛牛津逗號❺

我所認識過最好的老師

會在我的脖子和腳踝上種草莓

盲目地接受我原本的樣子

拒絕順應家庭傳統

酒窩

從來不生病

裸泳

每週都換床單

無視於紅燈禁止右轉的標誌

性愛（即便沒有那幾次口交）

---

❺ 牛津逗號（Oxford comma）是指在三個或更多的名詞中，在倒數第二個名詞之後添加逗號。

討厭維吉尼亞・吳爾芙和荷西・薩拉馬哥❻

喜歡道格拉斯・亞當斯和尼爾・蓋曼❼

小綠裙

她跳舞的樣子

腳趾頭

喜歡／鄙視傑克

磅蛋糕

看到在馬路上被撞死的動物時會哭

酒量勝過我

如果我沒有愛上吉兒的話，我就不會和她結婚的理由

想要小孩

把東西疊成堆

開手排車

洗衣籃

克萊倫斯

克萊倫斯的口水

當我們親熱時，克萊倫斯都會盯著我們看

克萊倫斯會對所有比牠小的哺乳動物吠叫

讓髒碗盤放在水槽裡隔夜（太野蠻了）

寡婦

12月7日
上午7:40

我做不來的事情
　　換我的機油
　　接受我終有一死的事實
　　保持認真的態度
　　慢慢地吃冰淇淋
　　當成功始於特權時，尊重成功
　　並排停車
　　善待遲鈍的人
　　彈奏烏克麗麗
　　討價還價
　　為了把書賣掉而假裝喜歡一本書
　　引體向上

我無法彈奏烏克麗麗的原因
　　我一直沒有把我的烏克麗麗從盒子裡拿出來

---

❻ 維吉尼亞・吳爾芙（Virginia Woolf，1882-1941）是英國作家，被稱為二十世紀現代主義與女性主義的先鋒。荷西・薩拉馬哥（Jose Saramago，1922-2010）為葡萄牙作家，1998 年諾貝爾文學獎得主。
❼ 道格拉斯・亞當斯（Douglas Adams，1952-2001）是英國廣播劇作家和音樂家，尤以「銀河便車指南」系列作品出名。尼爾・蓋曼（Neil Gaiman，1960- ）是出生於英格蘭的猶太裔作家，寫作領域跨及科幻長短篇小說、視覺文學、漫畫及劇本，被史蒂芬・金譽為「故事寶窟」，名列文學傳記辭典十大後現代作家。

12月7日
上午8:05

為什麼這都是蘇利文先生的錯
　　從來沒有放棄我
　　教我讀書（我終於學會讀書）
　　開啟我對書籍的熱愛
　　讓教書看起來很容易
　　啟發我讓生命變得更好
　　從來沒有告訴我教書的挑戰性有多高

最幸運的人
　　天生就想要當銀行家、律師、精算師和外科醫生的人
　　小孩
　　彼得潘

12月7日
上午8:45

將會永遠蒙羞的日子
　　1991年12月25日：小腳趾
　　2002年5月20日：老爸沒有來參加我的畢業典禮
　　2005年10月31日：梅格離開了我
　　2010年3月1日：彼得
　　2015年6月22日：辭去教職

12月7日
上午11:55

我的遺憾

　　十九歲時，沒有和那兩個女孩在那輛豪華轎車裡發生可能的三P

　　從來沒有打電話給老爸

　　辭去教職

　　十七歲的時候，送絲綢做的花給勞拉

　　雇用金伯莉

　　在除夕夜穿那件飛越情海❽的T恤

　　原諒傑克砍掉了我的小腳趾

　　沒有把我的小腳趾冷凍保存在冰箱裡

老媽的遺憾（我猜的）

　　送傑克一把小斧頭作為聖誕禮物。該死的童軍。

丹的宇宙法則 +1

　　結果證明，絲綢做的花更實際，不過沒有現摘的花那麼自然。

勞拉‧格林的宇宙法則

　　「任何需要除塵的禮物都不夠真心誠意。」

---

❽ 飛越情海（Melrose Place）是美國黃金時段的肥皂劇，從1992年7月8日至1999年5月24日在福斯電視台播出了七季。該節目講述一群住在加州西好萊塢一棟名為Melrose Place公寓大廈中的年輕人的生活。

12月7日
下午1:08

衛報的「人在臨死之前的五大遺憾」

1. 但願我有勇氣過自己想要的生活,而不是別人期待我過的那種生活。
2. 但願我在工作上沒有那麼拚。
3. 但願我有勇氣表達自己的情感。
4. 但願我有和我的朋友保持聯絡。
5. 但願我有讓自己更快樂。

好消息

我沒有夠多的顧客足以讓我擔心上述的第二點。

我沒有什麼朋友,因此,我可以不用擔心和他們保持聯絡的問題。

我沒有不讓自己更快樂。是我的活期存款帳戶不讓我快樂。

壞消息

以上沒有一項算得上真正的好消息。

12月9日
上午7:20

衛報所列舉的引發中風的潛在因素
1. 喝咖啡（10.6%）
2. 劇烈的體育活動（7.9%）
3. 擤鼻涕（5.4%）
4. 性行為（4.3%）
5. 用力排便（3.6%）
6. 喝可樂（3.5%）
7. 被嚇到（2.7%）
8. 發脾氣（1.3%）

本週我觸發了幾次中風的潛在因素
7

因為「性行為是中風的潛在因素」而延緩和吉兒製造小孩的可能性
0%

因為「劇烈的體育活動是中風的潛在因素」而延緩我加入健身房的可能性
100%

12月9日
上午 11:45

砍掉你的小腳趾所需要的步驟

   1. 有羊毛襯裡的拖鞋

   2. 全新的斧頭

   3. 白目弟弟

   4.「扔斧頭是一種流行！」

   5. 容易上當

   6. 瞄準度太差

   7.「不要告訴媽媽！」

12月10日
上午 5:30

送什麼禮物給老媽的點子

   1. 花

   2. 巧克力

   3. 與姻親相處的完全傻瓜指南（真的有這種書）

   4.

老媽真正想要的禮物

   1. 關心

   2. 認可

3. 更多孫子

4. 希望我更像傑克

距離老媽的生日還剩幾天

5

傑克已經把送給老媽的完美禮物買好了的可能性

100%

12月10日
上午 7:10

不和老爸說話的好處

1. 不會有生日禮物的煩惱

2.

12月10日
上午 7:15

如果我能對老爸說什麼的話，我想要說的是

1. 我很遺憾，媽媽對你不忠。

2. 對，我知道她出軌的事。我一直都知道。

3. 我沒有對你不忠。

12月11日
下午4:15

丹的宇宙法則 +N

1. 我銀行帳戶裡的錢和我的體重之間存在著反向關係。
2. 顧客的蠢問題要不就是接連三個出現，要不就是上百個接踵而來。
3. 一個女人不管需要多少時間來準備晚上外出玩樂，她永遠都會用光那些時間，再外加十五分鐘。
4. 打領帶的男人比較少買書。
5. 一個人對小時候的兒童繪本的記憶，永遠都和那些書的品質不相符合。
6. 顧客不喜歡買全價的薄小說，但是他們也不想看長小說。
7. 垃圾郵件和正常郵件的比例是500:1。
8. 沒錯，飛機的座位可以往後傾斜，不過，那樣的設計只是為了辨識出你那班飛機上的混蛋。
9. 日光節約時間應該發生在中午，才能被大家感受到。

12月12日
上午8:20

億萬富翁

比爾‧蓋茲（梅琳達‧蓋茲？）

華倫‧巴菲特

拉里‧埃里森

馬克‧庫班

傑夫‧貝佐斯（他已經拿走我很多的錢了）

拉里‧佩奇和謝蓋爾‧布林（兩個一起？）

寇氏兄弟（我寧可先破產）❾

酬勞最高的十大運動員

克里斯蒂亞諾‧羅納度❿

里奧‧梅西⓫

黎布朗‧詹姆斯⓬

羅傑‧費德勒⓭

凱文‧杜蘭特⓮

諾瓦克‧喬科維奇⓯

---

❾ 里拉‧埃里森（Larry Ellison）是甲骨文創始人暨董事長；馬克‧庫班（Mark Cuban）是NBA球隊達拉斯獨行俠的擁有者；拉里‧佩奇和謝蓋爾‧布林（Larry Page & Sergey Brin）是Google創始人；寇氏兄弟（The Koch Brothers）是富比世第八大富豪，美國第二大未上市企業寇氏工業集團的老闆。

❿ 克里斯蒂亞諾‧羅納度（Christiano Ronaldo，1985-）簡稱C羅。現為沙烏地職業足球聯賽俱樂部艾納斯和葡萄牙足球國家隊隊長，司職邊鋒、前鋒。目前他共獲得5座金球獎、5次世界足球先生及4座歐洲金靴獎。

⓫ 里奧‧梅西（Lionel Messi，1987-），阿根廷國家足球隊隊長，現效力於美國職業足球大聯盟的邁阿密國際，司職邊鋒、前鋒及前腰。梅西目前共獲得7座金球獎、2座世界盃金球獎、7次世界足球先生、2次勞倫斯世界體育獎年度最佳男子運動員及6座歐洲金靴獎。

⓬ 黎布朗‧詹姆斯（LeBron James，1984-），美國職業籃球運動員，現效力於NBA洛杉磯湖人隊，被認為是NBA史上最偉大的球員之一。

⓭ 羅傑‧費德勒（Roger Federer，1981-），已退役的瑞士男子職業網球名將，共贏得20座大滿貫，為網球史上最佳男子選手之一。

⓮ 凱文‧杜蘭特（Kevin Durant，1988-），美國職業籃球運動員，現效力於NBA鳳凰城太陽隊，曾於09-10年以21歲的年齡成為NBA史上最年輕的得分王。

⓯ 諾瓦克‧喬科維奇（Novak Djokovic，1987-），塞爾維亞網球運動員，是網球史上最佳男子選手之一。截至2023年澳洲網球公開賽為止，喬科維奇贏得了22座大滿貫冠軍。

凱姆・牛頓[16]

菲爾・米克森[17]

喬丹・史畢斯[18]

柯比・布萊恩[19]

這份運動員名單裡，我認得的名字有幾個

2

12月13日
上午11:45

離開原本所屬的樂團之後，單飛成功的音樂家

不是史帝夫・派瑞[20]

丹的宇宙法則 +1

主張旅行者合唱團沒有了史帝夫・派瑞就不再是旅行者合唱團的粉絲，只是一群需要時光機的抱怨蟲而已。

12月14日
上午4:30

我需要容忍彼得的日子

9月21日：結婚紀念日

12月24日：生日

3月1日：去世

2月14日：情書

我真正容忍彼得的日子

每一天

我喜歡彼得的地方

比我矮

海明威的粉絲

在翻船事故中救了吉兒（不過，她可能也不會溺水）

無法讓吉兒懷孕

很早就開始禿頭（或者已經變成了禿頭？）（用過去式嗎？）

死了（沒有冒犯之意）

---

⑯ 凱姆・牛頓（Cam Newton，1989-），美式足球四分衛，效力於國家美式足球聯盟的卡羅萊納黑豹隊。曾於2015年獲選為NFL年度最有價值球員。

⑰ 菲爾・米克森（Phil Mickelson，1970-），美國職業高爾夫球選手。目前他已經獲得了45個PGA巡迴賽賽事冠軍；在富比士於2019年公布的全球運動員收入排行榜中，米克森以年收入4,840萬美元，排名第19名。

⑱ 喬丹・史畢斯（Jordan Spieth，1993-），美國PGA巡迴賽職業高爾夫球員，目前是世界排名第9名的男子高爾夫球員。

⑲ 柯比・布萊恩（Kobe Bryant，1978 -2020），前美國職業籃球運動員，主打得分後衛位置。柯比效力於洛杉磯湖人隊20年，被公認是史上最偉大的球員之一。2020年1月，柯比因直升機墜毀不幸喪生，享年41歲。

⑳ 史帝夫・派瑞（Steve Perry，1949-）於1977年加入美國知名搖滾樂團旅行者合唱團成為第二任主唱，曾被滾石雜誌譽為史上最偉大的一百名歌手之一。1987年因與團員不和，加上長期巡演造成聲帶受傷而宣布退團，直到1995年才重新回歸。後又於1998年因健康問題導致專輯與巡迴時程不停延宕，於是再次退出旅行者合唱團。

我不喜歡彼得的地方
　　馬拉松跑者
　　詹姆士・喬伊斯❶的粉絲
　　很會下廚
　　永遠不缺錢
　　生日在12月24日，這有點毀了聖誕夜
　　雖然死了，卻依然存在
　　2月14日的情書

12月15日
下午11：55

買了送給老媽的生日禮物
　　蘇珊・凱恩的安靜❷（我的被動攻擊）
　　秋季花圈（吉兒的點子）
　　把她最近寫給編輯的三封讀者來函的副本裱框起來（**有史以
來最棒的禮物創意**）

老媽最近寫給編輯的三封讀者來信的主題
　　1. 西方文明的衰退可以從餐廳裡戴棒球帽的男人數量得到證
　　　 明
　　2. 摩托車的車斗都到哪裡去了？
　　3. 支持街頭藝術家的重要性

老媽對讀者來信被裱框的反應

- 「這是什麼？不會吧。這是……？噢，我的天哪。」
- 「這一定是吉兒的點子。對吧？」
- 「我也許會把這些相框換成比較時尚的東西。」
- 「你確定這不是你的點子嗎，吉兒？」
- 「那個摩托車車斗的故事可能有點瑣碎，不過，我收到很多回應的來信。人們對摩托車車斗具有無比的熱愛。」
- 「這是個很棒的禮物，丹尼爾。真的。」

老媽對傑克禮物的反應

- 「這好有創意啊，傑克。」
- 「她是合法的。對嗎？」
- 「布魯克林？紐約的布魯克林？」
- 「我喜歡一堂好的烹飪課。」
- 「為什麼是秘魯？」
- 「我懷疑有什麼好的秘魯餐廳？」
- 「她不抽菸。對吧？」

㉑ 詹姆士·喬伊斯（James Joyce，1882-1941），愛爾蘭作家和詩人，20世紀最重要的作家之一。代表作包括短篇小說集都柏林人、長篇小說一個青年藝術家的畫像、尤里西斯等。

㉒ 安靜，就是力量：內向者如何發揮積極的力量！是美國作家暨講師蘇珊·凱恩（Susan Cain，1968-）出版於2012年的作品，該書認為現代西方文化誤解和低估了內向者的特徵與能力。

直到這次之前，我這輩子準備的禮物有幾次勝過傑克的禮物

0

比較不蠢的清單+1（不過依然不可思議地愚蠢）

嘉年華（沒有監視攝影機，只收現金）

12月20日
上午6:40

難忘的聖誕節

大約在1978年（我5歲）：在爺爺家吃聖誕節早餐。有罐頭的什錦水果。和布萊恩叔叔打雪仗。聽曾祖父講笑話。媽媽和爸爸擠在一張躺椅上。

1982年：老爸在聖誕節早上到家裡來待了三十分鐘吃早餐。給了我一個星際大戰的機器人工廠和一顆溜溜球。他緊緊地擁抱我。沒有留下來吃早餐。我沒有注意到他的離開。沒有道別。一直到二十年之後，我才明白這件事。

1986年（我13歲）：傑克和我在半夜時偷溜下樓。打開禮物，然後又重新包好。傑克在隔天的時候承認了這件事。小混蛋。

1992年（我19歲）：在一間空蕩蕩的電影院裡看殺無赦㉝。我告訴媽媽和傑克說，我一整天都和朋友在一起。

1993年（我20歲）：和克莉絲汀·尼爾隆的家人在佛蒙特度過聖誕節週末。在地下室裡翻雲覆雨了好多次。伏特加馬丁尼。奶油冰棒。還有一隻名叫感傷的狗。

2002年：在柏林外國戰爭退伍軍人組織當志工。在廚房洗碗的時候認識了梅格。

2004年：在梅格父母家過聖誕節。他們讓我們睡在不同的臥房裡。只要一有機會，我們就報復性地親熱。這是自從媽媽和老爸還在一起的童年以來，我最美好的一次聖誕節。

2005年（我32歲）：梅格離開我之後的第一個聖誕節。我把訂婚戒指從花橋丟到法明頓河裡。在戒指落水之前我就後悔了。實在太蠢了。

2007年：在羅賓路和吉兒第一次過聖誕節。她的第一棵真的聖誕樹。第一串爆米花和蔓越莓。第一次的午夜彌撒。在無意中送了彼此同一本比利‧柯林斯的詩集（脫掉艾蜜莉‧狄金生的衣服）。

2008年（我35歲）：吉兒告訴我，彼得的生日是聖誕夜。她是在聖誕夜的時候告訴我的。我的反應像個混蛋一樣。我們跳過了午夜彌撒，然後生氣地上床睡覺。

丹的宇宙法則 +1

報復性的親熱甚至比和好的親熱更棒。

㉓ 殺無赦（Unforgiven）是1992年上映的電影，由克林‧伊斯威特執導和監製。該片被美國電影學會選為美國影史上最偉大的100部電影之一，並被認為是美國史上最重要的西部片之一。

12月20日
上午7:00

2008年12月24日，我印象中的爭吵
　　點亮的聖誕樹
　　樹下有成堆包裝好的禮物
　　火爐裡的火劈啪作響
　　假日音樂
　　蘋果白蘭地
　　「嘿，我曾經告訴過你……？」

對這個來得不是時候的消息，我所做出的全然理性又適度的反應
　　「真的嗎？」
　　「你在開玩笑嗎？」
　　「他媽的。」
　　「我知道今天是聖誕夜！所以我才這麼沮喪！」
　　「你覺得現在是提起他生日的好時機嗎？現在此刻？今晚？而不是……四月？或者永遠都不要提起？」
　　「不。這個消息在我的腦子裡揮之不去，我拒絕在這種情形下去聽小孩子在彩繪玻璃底下唱聖誕頌。」
　　「是啊，我是很喜歡，但是，今晚我們不會有什麼開心的事了！你用那個狗屁爆料把它搞砸了。」

我承認我的記憶有誤
　　那間公寓裡沒有火爐

只有在電視裡才應該出現的蠢事，因為現實生活裡沒有廣告時間。只有隨之而來的尷尬、缺乏自信，以及不情願的道歉

1. 氣沖沖地走開
2. 悶悶不樂
3. 掛別人的電話
4. 生氣地甩門
5. 生氣地亂丟東西
6. 為了展現自己的憤怒而關掉電燈，假裝睡著了

在交往最初的三個月裡應該要提出來討論的話題

1. 前段婚姻
2. 瘋狂的前男友／女友
3. 過敏反應
4. 被捕紀錄
5. 父母親最糟的特質
6. 未來可能會有的孩子
7. 重大的手術
8. 宗教
9. 對巴瑞・曼尼洛㉔和空中補給㉕異乎尋常的熱愛
10. 未來可能會變成素食主義者／純素主義者
11. 寵物
12. 過去曾經有過的多P性經驗

㉔巴瑞・曼尼洛（Barry Manilow，1943-），生於紐約布魯克林，是美國創作歌手、音樂家、編曲家、唱片製作人、指揮家。
㉕空中補給（Air Supply），1976年成立於澳洲的流行音樂樂團，於70-80年代享譽全球。

13. 可能造成感情破裂的因素（跳傘、雪貂）

14. 你能開手排車嗎？

15. 投票紀錄

16. 當下正在使用的藥物（如果有的話）

17. 喜歡的書籍／作者

18. 亡夫的生日，**如果那個生日正巧也是一個重大的節日**

12月20日
上午7:40

2008年聖誕節學到的教訓

　　成功摧毀聖誕節早晨的好方法就是前一天晚上和你的另一半吵架，然後在憤怒下上床睡覺。

　　對一個亡者吃醋是醜陋的、愚蠢的、真實的，最好隱藏醋意，特別是在節日的時候。

　　「你選的時間點糟透了」從來都不能讓你吵架吵贏。

　　避開午夜彌撒無法平衡一場激烈爭吵所帶來的悲傷，不過也沒什麼損失就是了。

聖誕節學到的教訓 +N

1. 殺無赦不是一部聖誕節電影。

2. 絕對不能相信幫凶。

3. 當你情緒激動的時候，千萬不能做任何和價值 $8,000 的珠寶有關的決定。

4. 一口氣吃掉半打的奶油夾心冰棒會導致爆炸性的腹瀉。

但願在二十年前,當我二十歲的時候就已經知道的事

1. 你身上增加的每一磅,在你想要減掉時,困難度都會增加十倍。

2. 薄荷杜松子酒不是漱口水的可替代品。

3. 有些胸罩是從前面解開的。

4. 硬麵包卷不是硬的。

5. 當三P的機會出現時,千萬要把握住。求求你。那可能只會出現一次而已。

6. 不會讀書的笨蛋不適合聽有聲書。

7. 在電子遊樂場裡花上好幾個小時往遊戲機裡投幣,總是讓人覺得時間花得很值得。在家裡打好幾個小時的電玩就沒有這種感覺。

8. 你不需要用好幾瓶洗髮精、幾盒餅乾和一堆原子筆來掩飾你其實是要買保險套。根本沒有人在乎你的性生活。

9. 用一支真正的輪胎扳手來上緊螺絲。單靠手指頭是做不到的。

10. 垃圾處理機沒有辦法處理一磅煮過頭的義大利扁麵條。

11. 你的頭髮永遠都沒有你以為的那麼重要,直到它開始脫落。

12. 沒有任何充分的理由可以讓人踏進脫衣舞酒吧。

13. 投資指數型基金。複利真是太重要了。

我仍然需要做的事

投資指數型基金。複利真是太重要了。

12月23日
上午9:25

我在梅格身上犯的錯

1. 向她求婚
2. 以為長期的財務保障至少和愛情一樣重要
3. 認為還繼續和你上床的未婚妻就依然愛著你，而且並沒有不快樂，不像我看到的那樣。

12月24日
上午7:50

關於彼得的十五個真相

1. 他今天應該滿三十八歲了。
2. 發現到你之所以找到真愛是因為另一個男人死了，這真是太可怕了。
3. 彼得沒有中間名，因為他父母無法就任何名字達成協議。
4. 彼得和我絕對不會變成朋友。
5. 彼得是左撇子。
6. 我從來都沒見過彼得，可是，我覺得他一直都和我在一起。

7. 彼得很喜歡活寶三人組[26]的電影，那個系列似乎超級酷，不過，等你看完那些蠢電影，你就會發現那些電影有多麼愚蠢。
8. 我們的屋子裡有三張彼得和吉兒的照片。
9. 要和一個死人競爭是不可能的。
10. 因為我的關係，所以，吉兒不太常提到彼得。
11. 有時候我會小聲地說：「謝謝你，彼得。」不是感謝他死了，而是感謝他在生前對吉兒那麼好。
12. 只要遇到和彼得有關的事，我就沒轍。
13. 有時候我會懷疑，我是不是比吉兒更常想到彼得。
14. 我永遠都不會成為像彼得那麼好的人。
15. 生日快樂，彼得。

12月25日
下午 12:55

老媽給我的聖誕禮物

吉姆‧柯林斯的暢銷書從 A 到 A+ [27]（「為了你的生意！」）

崔西和朋友（她最喜歡的一家髮廊）的禮券

三個月的健身房會籍

---

[26] 活寶三人組（Three Stooges）是一部上映於2012年的美國傳記式鬧劇喜劇電影，講述三個活寶做著發財的美夢，並且為了達到目的而做出的各種可笑行為。

[27] 從A到A+是美國管理學家暨暢銷書作家吉姆‧柯林斯（Jim Collins, 1958-）出版於2001年的一本管理學書籍。內容講述優秀的公司如何轉變為偉大的公司，以及大多數公司為何未能實現轉變。本書賣出了四百萬冊，遠遠超出了商業書籍的傳統讀者受眾。

老媽給傑克的聖誕禮物

　　Playhouse on Park^㉘的季票

　　拖鞋

　　花生酥

我和吉兒送給小傑克的聖誕禮物

　　時間的皺摺系列^㉙

　　十盒魔法風雲會的卡片^㉚

　　四張電影票

我瞞著吉兒送給小傑克的禮物

　　Nerf步槍^㉛

12月25日
下午1:10

老媽在聖誕節當天提到彼得（一個她從來沒有見過的人）的次數

　　2（也實在太多了）

老媽送了幾本書給她那個開書店的兒子

　　1（這也太多了）

老媽提及傑克和蘇菲亞「位於市中心的新居」的次數

　　數不清

老媽提到彼得時說的話

「你還和彼得的媽媽聯絡嗎？」

（看著一張彼得和吉兒的照片）「真希望我有機會認識彼得。他看起來很聰明。」

丹的宇宙法則 +1

「看起來很聰明」不是什麼了不起的事。

㉘ Playhouse on Park 是位於美國康乃狄克州西哈特福德的專業型劇場，提供包括戲劇、音樂劇、兒童劇在內的許多專業演出和各種活動，並且擁有自己的駐場舞蹈團。

㉙ 時間的皺摺（*A Wrinkle in Time*）是美國作家瑪德琳・恩格爾（1945-2007）於 1962 年起陸續出版的科幻奇幻經典時光五部曲的第一部。時光五部曲在兒童文學史上具有不朽的地位，曾經獲得許多獎項，並在 2012 年被學校圖書館期刊讀者票選為史上百大兒童小說第二名，超越哈利波特。

㉚ 魔法風雲會（Magic：The Gathering）是一種具有複雜規則的交換卡片遊戲。第一個系列出版於 1993 年，是很多人兒時回憶中的經典紙牌遊戲，後來發展出線上模式，是全球知名、歷史最悠久的紙牌遊戲之一。

㉛ Nerf 是美國知名的玩具品牌，商標意義為非發脹海棉 NonExpanding Recreational Foam 的縮寫。該品牌推出的大部分玩具是以各種非發脹海綿為基礎的玩具槍枝，其中最受歡迎的產品是 Nerf 玩具子彈槍。

12月25日
下午6:00

傑克和我在聖誕節那天的爭吵

　　史酷比的神秘萬能車[12]不應該把神秘萬能車的名字寫在車子側面，因為他們這群人是偶然撞見神秘事件的。他們並沒有開著車主動去尋找這些事件。

　　智利鱸魚其實是小鱗犬牙南極魚，那才是我們應該要使用的正確名稱。幫食物重新取一些矯揉做作的名字真是太糟糕了。

　　用「衣著暴露」來形容一個人實在很蠢。

　　把「pornogrpahy」寫成「porn」，讓這個字顯得比它實際的意思更淫穢。

12月25日
下午6:10

絕對不要再使用「衣著暴露」這個詞的五個理由

1. 「衣著暴露」已經被過度使用了。它已經被用爛了。這個詞絕對、肯定已經玩完了。不要再白費力氣。它已經超越了陳腔濫調，變成了無新意的悲慘用詞。它是一個你絕對、絕對不應該再使用的字眼。

2. 說來奇怪，「暴露」這個字眼向來都和「穿衣」搭在一起用。

3. 說來奇怪，這個字眼幾乎專門被用來形容處在半裸狀態下的女人，雖然男人也有能耐處於類似的半裸狀態下。

4. 「衣著暴露」這個詞也有點讓人毛骨悚然。不是非常恐怖。只是有點詭異而已。它是那種愚蠢的青少年奇幻作家用來形容被龍囚禁的半裸女孩時所使用的詞彙，而女孩為什麼半裸也令人費解，因此，這個詞也讓人覺得有一點毛骨悚然。

5. 在谷歌上稍微搜尋一下「衣著暴露」的圖片。和這個詞彙相關的圖片應該很清楚地展示出這不是一個你應該要使用的詞。

12月25日
下午6:30

取了爛名字的其他食物（除了智利鱸魚之外）

鹹牛肉

手撕豬肉

麵包布丁

麵條布丁

野菜

血橙

便便拼盤[33]

---

[32] 史酷比（Scooby-Doo）是美國卡通系列，最初於1969-1976年在CBS播出，描繪神秘事件公司的四名成員和他們會說話的大丹狗史酷比，開著他們的神秘萬能車（Mystery Machine）前往各地旅行，在過程中遇見神秘事件，並藉由解開神秘事件而聞名。2013年，電視指南雜誌將史酷比評為有史以來第五大電視卡通片。

[33] 便便拼盤（Pu Pu Platter）是一種小吃拼盤，一般指美式中菜拼盤，起源於夏威夷。Pupu是夏威夷土話，指的是小塊的肉。

12月25日

下午7:00

聖誕節那天喝掉的酒

　　老媽：3杯葡萄酒

　　吉兒：2杯葡萄酒，2杯都沒喝完（真討厭）

　　傑克：4杯葡萄酒和至少四罐啤酒

　　蘇菲亞：半瓶香檳

　　小傑克：沒有喝

　　我：2罐啤酒

12月25日

下午10:55

我在聖誕節當天認知到的事

- 當你媽媽和弟弟都喝醉的時候，你自己卻還獨自清醒著，這真的很討厭。
- 蘇菲亞自己去冰上釣魚，她很喜歡這麼做。
- 時間的皺摺系列現在有**五本**書了。
- 傑克和蘇菲亞的新居地點正在「蓬勃發展」。
- 金魚最初像鮮花一樣受到珍視。牠們被當作房間裡色彩鮮豔的裝飾，從來不需要餵食，死了之後就遭到丟棄。
- 我是我們家族裡唯一一個認為終極警探是聖誕節電影的人。

- 甘比亞是沿著甘比亞河存在的一個國家。它被稱為甘比亞共和國，這樣才不會和尚比亞弄混了。
- 小傑克討厭他的名字。

12月25日
下午11:10

小傑克有權討厭他自己名字的五大理由

1. 用你自己的名字幫你的小孩命名是自私而且自戀的。
2. 沒有人喜歡被叫做「小」。絕對沒有。
3. 永遠活在你父親的陰影之下實在太討厭了。
4. 當你很氣你父親的時候，還要被要求在考卷和正式的文件上寫下你父親的名字（尤其是傑克的名字），這種感覺差透了。
5. 如果小傑克也決定要幫他兒子取名為傑克的話，那他的兒子就會變成「傑克第三代」，這會讓大家都煩到想要揍他。

12月25日
下午11:30

丹的宇宙法則＋N

1. 一個人喝酒時想說的故事多寡，和他或她已經喝下肚的酒量成正比。

2. 一個人喝酒時所說的故事品質，和他或她已經喝下的酒量成反比。

3. 終極警探是一部聖誕節電影。終極警探2也是。

丹的宇宙法則 +1

不要低估了終極警探2。比起終極警探，它可能是更好的聖誕節電影。

12月26日
上午10:35

丹在酒醉故事上所秉持的六大原則

1. 沒有人像你自己那麼在乎你的酒醉故事。

2. 你的酒醉故事永遠都無法打動你想要打動的那一型女人。

3. 如果你這輩子有超過三個很棒的酒醉故事，那你就不了解是什麼造就了一個好的酒醉故事。

4. 酒醉故事一定得是你自己的故事。沒有人在乎你的死黨喝醉時做了什麼。

5. 如果是在白天和／或在工作場合的時候說，那麼，就連最好的酒醉故事都會大打折扣。

6. 老人的酒醉故事不管用什麼形式都能讓人接受，因為它們不只稀奇，而且常常令人捧腹。

12月27日
下午6:14

克萊倫斯的問題

　　霸佔我在沙發上的位置

　　拉布拉多貴賓犬對狗的品種來說是一個很尷尬的名字

　　把狗的名字叫做克萊倫斯很尷尬

　　預期壽命：12-14歲

　　才9歲大

　　彼得的狗

12月28日
上午8:30

購物清單

　　狗糧

　　郵票

　　奇妙醬❸❹

　　低卡A&W沙士❸❺

　　兩顆熟成的酪梨

　　小黛比點心蛋糕

　　威力球彩券

---

❸❹ 奇妙醬（Miracle Whip）是美國卡夫公司生產的一種調味醬，類似蛋黃醬。
❸❺ A&W沙士（A&W root beer）是美國的老牌沙士。

丹的宇宙法則+N

奇妙醬一點都不奇妙。它只是美乃滋而已，那就表示它很噁心。

酪梨是一種只熟成大約十四秒的狗屁食物。

帶著健怡可樂閒晃，會有半打的混蛋告訴你那對你有多糟糕。帶著低糖沙士散步的話，就沒有人會說什麼。

沒有人知道小蘇打粉是幹嘛用的。

12月29日
下午7:00

當我買下那間書店時，沒有人警告過我的事

1. 每個月底都有庫存
2. 低級鬼會在他們的度假結束之後把旅遊書拿來退還
3. 書很重
4. 某些書吸引了一些讓我討厭的讀者，他們破壞了我對那些書的感受
5. 經常得蹲下
6. 聖經是最常被偷的書

12月29日
下午7:00

十二月的庫存盤點只有好事發生

    1. 金伯莉的生日，所以就換成史提夫來幫忙

    2. 吉兒帶披薩和餅乾來

    3. 節日促銷讓需要清點的書變少了

    4. 吉兒在離開的時候突然對我小裸了一下，好讓我振奮起精神

丹的宇宙法則 +1

    絕對不要低估在公共場所小裸一下的力量

12月29日
下午11:50

史提夫

- 曾經是大學美式足球隊的邊鋒。

- 雙胞胎男嬰的父親，從來沒有抱怨過任何事，而且看起來總是很快樂、很有精神，那讓我有點討厭他。

- 雖然還不是一個愛讀書的人，不過可以把書賣給任何人。

- 史提夫在他的面試中說：「生意的重點在於人。而非商品。一個銷售員如果喜歡人和錢的話，就能夠銷售任何東西。這兩者我都很喜歡。」

- 總是在他的皮夾裡裝著兩張一塊錢的紙幣。
- 站著吃飯。
- 史提夫在他的面試中說：「我父親曾經說，你無法在一本書裡學到所有的事情，你也不能在一間酒吧裡學到所有的事。」
- 當史提夫的老闆讓我覺得有點荒謬。不管在哪一方面，比起我，他都是一個更好的人。他也許應該策劃一場造反，廢黜我，然後奪取書店的控制權。我不會責怪他的。
- 我很喜歡史提夫。
- 我希望史提夫也喜歡我。

12月31日
下午11:59

2017年的最後30分鐘

NBC

香檳

哀悼迪克・克拉克⓰

後悔吃了生蠔

上到二壘

驗孕棒

尿尿

倒數

小小的粉紅色加號

倒數
新年快樂
敬新年
薑汁汽水

㊱ 迪克・克拉克（Dick Clark，1929-2012）是美國ABC電視台每年跨年夜播出的一檔年
度電視特別節目「迪克・克拉克的跨年搖滾夜」（Dick Clark's New Year's Rockin' Eve）
創始人。節目的前兩集於1972年和1973年在NBC播出，克拉克在節目中承擔時代廣
場主播的工作；74-75年節目轉至ABC播出，由克拉克擔任主持人。2004年克拉克中
風，隔年即卸下主持棒，後於2012年去世。

1月

1月1日
上午7:30

新年的決定

1. 不要把錢用光。

2. 不要讓吉兒發現我們快沒錢了。

3. 不要得知我未出世的孩子的性別。

4. 不要淪落到入獄的下場。

5. 不要殺了克萊倫斯。

6. 開設指數型基金帳戶。

7. 至少增加百分之二十的書店銷售額。

8. 想辦法提升至少百分之二十的書店銷售額。

9. 一週最多吃三個小黛比點心蛋糕。

10. 至少拆開一封老爸的來信。

11. 閱讀另外兩本時間的皺摺。

12. 學習怎麼處理嬰兒的問題，例如換尿布和其他我不知道自己不知道的事情（除了尿布之外，一定有更多的事情需要學習）。

13. 幫嬰兒建造點什麼東西。隨便什麼都好。學習用我的雙手做一些不尷尬或者不蠢的事。

14. 不要在我未出世的孩子出生之前毀了他或她的生活。

1月2日
下午4:00

我不知道的十二件事

1. 吉兒已經懷孕四到八週了。也許更久。她說事情就是那樣。

2. 懷孕不是「一種緊急情況」。我們需要等**兩個星期**才能看醫生。在你的體內孕育一個全新的生命，而醫生們的反應只是「嗯」。

3. 告訴你老婆說，她懷孕是「一種緊急情況」，是不會有什麼好結果的。

4. 很顯然地，孕婦的荷爾蒙很早就開始運作了。

5. 告訴你老婆說，孕婦的荷爾蒙「顯然很早就開始運作了」，是不會有什麼好結果的。

6. 在粉紅色的加號出現五分鐘之後就問我們是否還能親熱，是得不到什麼好反應的。

7. 吉兒已經懷孕兩天了（或者根據她的說法是四到八週），這兩天裡，我什麼都做錯了。

8. 在知道有一堆你從來沒有見過的小細胞存在的那一刻就愛上它們，這是可能的。

9. 從來沒有懷孕過的女人似乎知道很多關於懷孕的事。

10. 當一個人的體內有一個寶寶在長大時，說話的遣詞用句就變得更複雜了。

11. 讓你的老婆懷孕並沒有讓你覺得自己更像個男人。

12. 女人在分娩時有時候會排便。我以前不知道這一點，也不想知道。如果真的發生這種情況，我不知道自己會說什

麼，不過，可以確定的是我很可能會說錯話。

1月3日
上午6:17

財務狀況

存款：6,921

收入

我告訴吉兒的數字：3,000

實際數字：2,280

吉兒的收入：2,900

支出

房貸：2,206

Toyota：276

Honda：318

汽車保險：175

助學貸款：395

有線電視和網路：215

電費：112

汽油：612

電話：180

瓦斯：120

新皮包：212（搞什麼？）

修改過的財務解決方案（以及潛在的缺點）

短期

第二份工作：吉兒會知道我們陷入了困境，而且我也沒有時間去兼差。

當日沖銷：需要先投資。可能比看起來的還困難。

線上撲克：同當日沖銷。

長期

寫一本小說：要花一年、甚至更長的時間來寫。沒有保障。而且我可能是個很糟糕的作家。

感謝卡的點子：不知道該如何著手。

不實際卻還是可行的方案

寫信給億萬富翁：看似不太可能，不過只要有一個人回應就夠了。

樂透：不太可能

1月4日
上午8:10

沒有以下這些東西的天數

巧克力糖霜甜甜圈	503
口香糖	72
哭泣	3（大約）
小黛比點心蛋糕	2
綠色蔬菜	12
哭泣	3（大約）
用牙線剔牙	5
顧客的抱怨	2
後悔辭掉我的工作	0
老爸	5,707

1月4日
上午8:40

每天一開始的前五分鐘

按掉鬧鐘

從克萊倫斯身上爬過

尿尿

登入銀行的app（還坐在馬桶上的時候）

屏住呼吸

恐慌

哭泣（偶爾）

梅洛克對哭泣的分類

嗚咽

嘴唇發抖

哭哭啼啼

鼻涕和眼淚齊下

淚水成河

侷促的喘息

痛哭

出現鼻涕泡泡

我的哭泣類型佔比

嗚咽	5%
嘴唇發抖	21%
哭哭啼啼	35%
鼻涕和眼淚齊下	25%
淚水成河	12%
侷促的喘息	0%
痛哭	1%
出現鼻涕泡泡	1%

1月4日
下午12:30

小黛比點心蛋糕的問題，拆分成百分比

25%：熱量太高

10%：沒有營養價值

35%：尷尬的產品名字

30%：有史以來最難以抗拒的食物

1月4日
下午 7:10

三種人

1. 把夢想實現的人，因為人們告訴他們說那是可能的。

2. 把夢想實現的人，因為人們告訴他們說那是不可能的，而他們卻不顧一切地要證明這個世界錯了。

3. 我。

1月5日
下午 5:10

實體感謝卡和電子感謝卡的選擇流程圖

1. 對方是那種無聊又迂腐、用電子感謝卡取代手寫卡就會讓他覺得受到冒犯的人嗎？

   - 如果答案是**否定**的話，那就發電子卡。因為電子卡不只更有效率，也讓你在更少的時間裡能說更多的話。

   - 如果答案是**肯定**的話，請回答以下的問題：

2. 對方是一個你會在乎他意見的人嗎？

   - 如果答案是**否定**的話，那就發電子卡。

- 如果答案是**肯定**的話，就考慮發電子卡。如果你還是不確定的話，請回答以下問題：

3. 對方是那種心胸狹窄又無知、可能會私下向你認識或尊敬的人抱怨說你沒有寄一張實體感謝卡給他的人嗎？

   - 如果答案是**否定**的話，那就發電子卡。
   - 如果答案是**肯定**的話，就勉強寄一張感謝卡給他。如果你是一個巫毒巫師的話，還可以在寄出之前先詛咒一下那張卡片。

4. 當這些規則對你來說都不適用時，你永遠都可以依賴以下這個問題來得到一個公平的解決辦法：

   對方是一個思想保守、不可思議的傳統主義者，而且擅長卑鄙又被動攻擊的傷人行為，同時又閒著沒事做的人嗎？

   - 如果答案是**否定**的話，那就發電子卡。
   - 如果答案是**肯定**的話，那就寄一張感謝卡。或者更好的作法是，把這個人從你的人生裡連根拔除，如果可能的話。

1月6日
上午7:00

自從六月以來，老爸寄來了幾封信

　　6

我告訴吉兒老爸寄來了幾封信

　　1

我拆開了幾封信

0

1月11日
上午7:45

比較不蠢（依然不可思議地愚蠢）的清單

速食

ATM

也許去希特哥石油

嘉年華

1月11日
上午9:35

新篇章的一月精選

R・J・帕拉西奧的奇蹟男孩[1]（我覺得這本書還好，不過，我絕對不會承認的）

西蒙・里奇的自由放養的雞[2]

---

[1] 奇蹟男孩（*Wonder*）是美國作家暨圖形設計師帕拉西奧（R. J. Palacio，1963-）最暢銷的一本兒童小說，講述一對父母努力幫助兒子克服他畸形的臉部所帶來的異樣目光及霸凌。該書於2017年被改編成電影。

[2] 自由放養的雞（*Free-Range Chickens*）是美國幽默作家、小說家和編劇西蒙・里奇（Simon Rich，1984-）出版於2008年的一本幽默短文集，以想像中的對話展示出日常生活中的荒謬，令人捧腹。里奇已經出版了兩本小說和六本幽默作品集。他的小說和短篇小說已被翻譯成十多種語言。

大衛・賽德瑞斯的冰上假期❸（我一直都認為自己是無趣版的大衛・賽德瑞斯）

凱特・迪卡米洛的浪漫鼠德佩羅❹（史上最好的童書）

瑪雅・范・瓦格能的美少女秘密成長日記❺（被吉兒加到清單裡的）

1月11日
上午10:35

你不應該看的書

醜小鴨❻（在你變美之前，我們都討厭你）

喬賽・薩拉馬哥的盲目❼（讓吉兒讀到哭了，他缺乏分段的寫作方式也太荒謬了）

朗達・拜恩的秘密❽（有些秘密不值得保守）

羅伯特・蒙施的永遠愛你❾（你無法忽視最後的幾幅圖畫）

謝爾・西爾弗斯坦的失落的一角❿（愛偷走了你的身分和你的歌）

1月12日
下午3:30

金伯莉沒有任何同志的朋友，也不認識任何同志的可能原因

● 首先，她沒有太多的朋友（有這個可能）

● 她很固執，而她的同志朋友也知道這點（也許）

- 她的生活圈是保守到驚人程度的群體，雖然那個群體裡也有同志，不過，他們一旦出櫃就會受到排擠，或者受到更糟的待遇（有此可能）

---

❸ 冰上假期（*Holidays on Ice*）是美國幽默作家、喜劇演員、作家和廣播撰稿人大衛·賽德瑞斯（David Sedaris，1956-）發表於1977年的個人第一部作品，是一本關於聖誕節的文章和故事的合輯。

❹ 浪漫鼠德佩羅（*The Tale of Despereaux*）是美國兒童文學作家凱特·迪卡米洛（Kate DiCamillo，1964-）最著名的奇幻小說。本書講述了老鼠德佩羅拯救人類公主的故事，於2004年榮獲紐伯瑞獎，並被改編為電影、電玩和舞台劇。

❺ 美少女秘密成長日記（*Popular*）是少女作家瑪雅·范·瓦格能（Maya Van Wagenen）出版於2014年的暢銷書，15歲的瓦格能以令人捧腹又感人的坦率口吻，揭露受人歡迎的終極秘訣，是一本真實人生的成長日記，瓦格能並因此書而獲選時代雜誌百大影響力人物。

❻ 醜小鴨（*The Ugly Duckling*）是知名的安徒生童話故事。

❼ 盲目（*Blindness*）是當今全球最知名的葡萄牙作家喬賽·薩拉馬哥（Jose Saramago，1922-2010）出版於1995年的作品。小說以卡夫卡式筆調敘述人們突如其來淪入荒謬的失明境地，是一部極富哲理意涵之作，本書也讓他獲選為1998年諾貝爾文學獎得主。

❽ 秘密（*The Secret*）是澳洲電視工作者朗達·拜恩（Rhonda Byrne，1951-）於2006年出版的自助書，它基於吸引力法則的信念，認為思想可以直接改變一個人的生活。本書已在全球售出超過3000萬冊，並已翻譯成50種語言。朗達·拜恩也因為本書而在2007年被時代雜誌列為影響世界的百大人物。

❾ 永遠愛你（*Love You Forever*）是美籍加拿大兒童作家羅伯特·蒙施（Robert Munsch，1954-）發表於1986年的兒童繪本，描述一位母親在兒子生命的不同階段為他唱搖籃曲的故事。2001年，本書在出版者週刊的史上最暢銷兒童圖書排行榜上名列第四。

❿ 失落的一角（*The Missing Piece*）是美國詩人、創作歌手、音樂家、作曲家、插畫家、編劇和兒童文學作家謝爾·希爾弗斯坦（Shel Silverstein，1930-1999）於1976年出版的作品，本書並獲選為世界繪本TOP100名作之一。

1月13日
上午10:10

如果老爸沒有離開的話，我覺得也許會有所不同的事

1. 我就會在鎮上的壘球聯賽中打球。

2. 我就可以把照片掛在牆上。

3. 我就可以看一場美式足球賽，並且看得懂那在幹嘛。

4. 我就會多喝啤酒、少喝葡萄酒。

5. 我和金波・帕爾斯打架時就不會逃走了。

6. 我就可以打水漂，並且製造腋窩的聲響❶。

7. 我就會喜歡滾石樂團。也許還有巴布・狄倫。

8. 我就會知道如何當一個父親。

9. 我就比較不會迷失。

10. 我就不會這麼害怕。

1月14日
下午12:25

我假裝有讀過的書

列夫・托爾斯泰的每一本書

咆哮山莊

阿特拉斯聳聳肩❷

強納森・法蘭森的每一本書（其實，我只讀過半本的修正）❸

漫畫書

蘇斯博士❹的每一本書

我曾經試著要讀、但目前只是假裝已經讀過的書

第二十二條軍規❶

聲音與憤怒❶

白鯨記

卡內基溝通與人際關係

即便你付錢給我，我也不會假裝已經讀過的書

詹姆士‧喬伊斯的任何一本書

維吉尼亞‧吳爾芙的任何一本書

---

❶ 指在腋下製造噪音或聲響。通常是透過在腋下摩擦皮膚或者用手掌拍打腋下區域來產生聲響，常被用作一種幽默感或滑稽的表演，尤其在小孩之間比較流行。

❶ 阿特拉斯聳聳肩（*Atlas Shurgged*），是美國哲學家和小說家安‧蘭德（Ayn Rand，1905-1982）撰寫的小說，最先在1957年出版，被認為是蘭德的代表作。阿特拉斯聳聳肩包含了科幻、哲學、政治、神秘、愛情等成分，同時也是闡述蘭德的客觀主義哲學的最主要作品。

❶ 修正（*The Corrections*）是美國小說家和散文家強納森‧法蘭森（Jonathan Franzen，1959-）於2001年出版的小說。故事圍繞在一對年邁的美國中西部夫妻和他們已經長大成人的三個孩子所面臨的各種問題，藉由一個功能失調的家庭和一個機能失調的社會，對美國的文化和人民的不安全感進行了冷眼審視，並且提供了希望。本書贏得了美國國家圖書獎，並入圍普利茲小說獎和都柏林文學獎。

❶ 蘇斯博士（Dr. Seuss，1904-1991）是美國著名作家和漫畫家，最受歡迎的著作是出版於1957年的繪本戴帽子的貓（*The Cat in the Hat*）。

❶ 第二十二條軍規（*Catch 22*）是戰後美國著名作家約瑟夫‧海勒（Joseph Heller，1923-1999）的黑色諷刺小說，以1942-44年的二戰期間為背景，講述一名虛構的美國陸軍航空隊投彈手的反英雄生活，反映出二戰期間官僚主義對士兵的荒謬限制。本書出版後就成為一部影響文壇的暢銷書，並且被評為60年代最好的小說，同時也列為當代美國文學的經典作品之一。

❶ 聲音與憤怒（*The Sound and the Ferry*）是美國作家威廉‧福克納（William Faulkner，1897-1962）的成名作，出版於1929年，書名出自莎士比亞戲劇馬克白中第五幕第五場馬克白的著名獨白。該書採用意識流的方法，講述了美國南方破落戶康普生一家的生活，是美國文學史上的經典之作。

1月15日
下午 8:30

我違反的十個守則

1. 我從來不擔心有沒有正確地標明文件的日期，因為沒有人在乎那份文件的日期是否標示正確，除非他們要你正確地把它標示出來。

2. 當四下無人的時候，我會在紅燈時右轉，即便那裡有一個標示指出那麼做是違法的，因為要為無法理解的理由而等待實在太瘋狂了。

3. 只要可能，我就會無視著裝規定，因為只有最糟糕的人（也是期待手寫感謝卡的那幫人）才會真的在乎你是否有遵守著裝規定。還有，每個人都忙著在擔心別人正在看他們自己，所以不會注意到我。此外，你有權利對自己的外表感到舒服。

4. 當我在使用一間單人洗手間時，如果有人轉了門把，發現它鎖住了，然後開始敲門，我會拒絕應聲，因為這種行為太愚蠢了。一扇鎖住的門不就明顯地告訴了你有人在裡面嗎？

5. 當一份文件要求我填寫我的 position 時，我每次都寫「站立」❶。

6. 當我把車子停在一個加油站或休息區，只為了要進去使用洗手間或者買東西時，如果當下沒有更近的停車位置，我就會把車停在加油機前面，彷彿我也要加油一樣。

7. 我會在雜貨店裡吃我打算買的食物（通常是糖果、蘇打、果醬小圓餅和水果），然後到結帳台掃描空包裝袋上的條

碼。對於那些要過秤的食物（香蕉和蘋果），這有時候會是個問題。

8. 在凌晨一點以後，我會把紅燈當成停車標誌。

9. 我會亂穿越馬路。

10. 如果男性洗手間有人佔用了，而當下也沒有女人在排隊時，我會使用專為女性設計的單人洗手間。

1月16日
上午10:30

在我做身體檢查時，醫生給我的意見

你的罩袍前後穿反了。

你的血壓很好。

你的血壓是我唯一能告訴你的好消息。

在過去兩年裡，你的體重增加了二十磅。

你已經超重十磅了。

你的膽固醇已經從邊緣性偏高變成過高了。

你要當爸爸了。你需要開始好好照顧自己。

你想要變成那種四十幾歲就開始吃藥的人嗎？

是啊，我知道你三十七歲。我是你的醫生。

轉過去，咳嗽。[18]

---

[17] position 在英文中有職務的意思，也有姿勢之意。

[18] 在檢查有無疝氣時，醫生通常會要求患者轉過頭咳嗽。

我對那件罩袍的四點意見

    1. 說它是一件罩袍還真不是普通荒謬。

    2. 發明一件蓋住你屁股的罩袍可能會讓某人大賺一把。

    3. 如果一件蓋住屁股的罩袍能被發明的話,那它應該已經被發明了。

    4. 這大概是每一個失敗的發明者會說的話。

1月16日

上午10:55

我害怕的事

    1. 皮下注射針

    2. 勃起功能障礙

    3. 父親身分

    4. 鯊魚

    5. 我看不到的鯊魚

    6. 有我看不到的鯊魚存在的可能性

    7. 冰柱

    8. 別人會偷偷地把我和彼得拿來做比較

    9. 蘆筍尿

    10. 小行星(不是那個電玩遊戲)

    11. 沒有拴上狗繩的狗

12. 老爸出其不意地走進書店

13. 失去我們的房子

14. 公開演說

15. 屁股溝汗濕褲子

丹的宇宙法則 +1

可惡的大白鯊毀了海洋

1月17日
上午6:45

我們絕對都想要、但卻因為某些原因而無法得到的東西

1. 假期後的假期

2. 一週工作四天

3. 根除所有的著裝規定

4. 根除所有的選舉人團

5. 瞬間移動

6. 每間電影院都有手機干擾技術

7. 鋸木廠河和塔克尼克公園大道沿線都有像樣的休息區

8. 我們的辦公室[19]再播出五季

9. 把超級盃隔天的那個週一訂為國定假日

---

[19] 我們的辦公室（The Office）是一部改編自英國電視影集辦公室風雲的美國情境喜劇和偽紀錄片。此劇於2005年3月24日在國家廣播公司（NBC）首播，直到2013年5月16日第九季完結。劇情描述賓州斯克蘭頓一間虛構的紙業分公司裡，職員們的日常辦公室生活。本劇曾為NBC收視率最好的節目之一。

1月18日
上午2:30

問題

   1. 一個人怎麼可能就那樣消失十五年？

   2. 他不再愛我了嗎？

   3. 他又開始愛我了嗎？

   4. 為什麼？

   5. 發生了什麼改變？

   6. 為什麼現在寄來這些信？

1月19日
上午10:10

在加入一種宗教（或者選擇繼續成為其中一員）之前需要問的重要問題

庫特・梅茨格⑩的清單

   1. 它需要多少費用？

   2. 上帝會殺人或者我會被要求以上帝之名去殺人？

   3. 我需要為了媽媽或爸爸維持這個宗教信仰嗎？如果我選擇離開這個宗教的話，我會受到什麼懲罰（如果有的話）？

我在庫克的清單上追加補充的問題

   1. 在這個宗教裡，女人享受到完整而絕對的平等嗎？

2. 這個教會對所有人開放嗎，無論種族、國籍、婚姻狀況、
   性偏好、犯罪紀錄、職業等等的不同？
3. 它經常舉行禮拜嗎，每次的禮拜為時多久？
4. 你需要割除你的小弟弟才能加入嗎？
5. 你可以穿牛仔褲去參加禮拜嗎？
6. 你會在傳遞盤子接受教友的奉獻時，讓我的捐款成為我自
   己和上帝之間的秘密，或者你會像汽車銷售員一樣地開一
   張付款單給我？

1月20日
下午3:35

本週有幾個人對於如何改善書店提出了想法
　6

這些人裡面真的買了書的有幾個
　2

他們提出的想法裡，可行又具有利潤潛力的有幾個
　0

最糟糕的想法
　「販售寵物。把牠們行銷成哈利、榮恩和妙麗養的那種寵

---

⑳ 庫特・梅茨格（Kurt Metzger，1977-）是美國脫口秀喜劇演員、作家和演員。

物。貓頭鷹、貓咪、老鼠之類的。」

第二糟的想法

「也許你可以租書而不是賣書。有點像圖書館。只不過比較貴而已。」

我早就應該要讀的書

哈利波特系列

1月20日
下午6:30

我以為自己絕對不會說、但卻在本週說了的話

我們需要另一本格雷的五十道陰影，而且要快一點。

我應該要多訂幾本 *Vogue* 和 *Seventeen*。

那個路邊停車收費員只是在盡他的職責而已，小姐。

我頭痛，親愛的。改天再說好嗎？

1月20日
下午9:10

我對我父母離婚的理解過程

- 「爸爸和我只是不再那樣愛對方了。」
- 「當你爸爸失業時，他就變成了一個不同的人。」

- 「在我覺得很孤單的時候，我認識了泰德。」
- 「不，離婚和結婚之間至少相隔了六個月。至少。」
- 「好吧。我想是三個月。」
- 「我的意思是，四捨五入之後是三個月。」

為什麼我老爸不再打電話來，或者來探望我們的時候，不再帶我們出去

- 我想，他依然愛著老媽，因此無法忍受看到她和另一個男人在一起。
- 我想，他對於自己的老婆被另一個男人搶走了感到很丟臉。
- 我想，他對於自己很窮感到很丟臉。
- 那間酒類專賣店的後面只有兩間房間、一具輕便爐灶和一片水泥地板，不是一個適合帶孩子去的好地方。
- 缺席和忽視就像一個指數型基金。它會隨著時間累積，變得龐大而難以超越。

為什麼我老爸應該要繼續存在我們的生活裡

- 你不能和你的孩子離婚，只因為你老婆為了另一個男人離開了你。
- 孩子根本不在乎水泥地板和簡易爐灶。
- 當你的孩子因為他們還小而沒有努力去找你的時候，你應該表現得像個大人一樣，不然你就可能會毀了孩子們的生活。

1月21日
下午3:25

老媽想要一起午餐的原因
　　試試市中心那家新開的烘焙坊
　　「了解最新狀況」
　　「聊天」

老媽想要一起午餐的真正原因
　　「你需要開始穿得像個真正的商業人士。」
　　「你應該要向傑克和蘇菲亞請益，尋求他們的商業建議。」
　　「也許你應該留山羊鬍。」
　　「吉兒快樂嗎？」

老媽最近迷上的事
　　榨汁
　　賓果
　　默劇班
　　計步

1月21日
下午5:15

在對別人的服裝選擇發表負面評論之前要知道的四件事（金伯莉給我的靈感）

1. 這麼做會讓你成為一個很糟糕的人。向來如此。
2. 要意識到你仍然停留在典型的高中霸凌心態。
3. 請注意，你可能正在受到自尊心不足和負面自我形象的困擾。
4. 你的評論讓你在全世界面前看起來像是一個心胸狹窄、小氣又卑鄙的混蛋。

1月22日

下午 8:05

我曾經很喜歡、但現在卻討厭的東西
　　圖書館
　　下雪天
　　我的 2002 速霸陸 Baja㉑
　　打折的精裝書
　　Amazon.com
　　克萊倫斯（我喜歡過牠一週）
　　情人節

我曾經討厭、現在卻很喜歡的東西
　　各種吸血鬼系列的同人小說

㉑ 速霸陸 Baja（Subaru Baja）為日本富士重工業在 2003 至 2006 年間製造、販售的四門皮卡貨車或多功能轎跑車，專門外銷北美洲、歐洲等市場。

湯瑪士小火車玩具㉒

蒙提·派森㉓

1月23日
下午11:25

和老媽一起午餐所帶來的最好與最壞的事
　　賓果

關於賓果最好的事
　　1. 只收現金
　　2. 鉅額的現金（根據老媽的說法）
　　3. 沒有監視攝影機（也許吧）
　　4. 老人
　　5. 動作慢的人

關於賓果最壞的事
　　1. 真的有可能
　　2. 是一個真的解決辦法
　　3. 無法不去想它

1月24日
上午4:05

我日常生活上的變化
　　不需要鬧鐘（因為睡不著）
　　爬過克萊倫斯（牠還在睡覺）
　　谷歌（蹲馬桶的時候）
　　甚至感覺不到想哭

1月24日
上午 4:25

康乃狄克州的賓果場館
　　聖文森德保祿教會，東黑文
　　外事戰爭退伍軍人協會7788分會，米爾福德
　　外事戰爭退伍軍人協會9929分會，西哈特福德
　　至多聖三一教堂賓果，瓦靈佛德

㉒ 湯瑪士小火車（Thomas the Tank Engine）是英國兒童電視節目系列，於1984年在英國的獨立電視台首播。該劇改編自威爾伯特・艾屈萊牧師父子共同創作的鐵路系列書籍；講述一群住在虛構島嶼「多多島」的擬人化鐵路車輛及公路車輛的冒險經歷。其中最有名的角色就是名為湯瑪士的蒸汽火車頭。

㉓ 蒙提・派森（Monty Python）是英國的超現實幽默表演團體。其創作的電視喜劇片蒙提・派森的飛行馬戲團於1969年10月5日在BBC公開播出，共播出了4季，總計45集。起源於電視劇的派森劇團，其影響力在隨後數十年裡持續上升，發展出巡迴舞台表演、電影、多部音樂專輯、幾本書籍和一部舞台劇作品。派森劇團之於喜劇的影響力，不亞披頭四對音樂的影響。

美國退伍軍人協會，沃寇特

崔斯特菲爾德消防隊，奧克戴爾

聖以撒喬格斯教會，東哈特福德

丹的宇宙法則 +N

網路讓一切變得更容易，也讓所有人變得更懶惰。

網路讓原本也許是悲慘、瘋狂的決定看起來好像更可行。

1月24日
下午12:45

候診室裡的東西

46把椅子

3張咖啡桌

7本一月份的 *Parents* 雜誌

9本十二月份的 *Fit Pregnancy* 雜誌

2本 *Highlights* 雜誌[20]

9個人

至少3個胎兒（包括我們的）（這只是目測的數字）

丹的宇宙法則 +N

父母說它是他們的孩子（或者胎兒），彷彿他們擁有它一樣，某種程度上，那的確屬實，但是，那和你擁有襪子、咖啡桌，或者甚至一隻狗是不一樣的。差得遠了。

1月24日
下午12:52

我第一次閱讀 *Highlights* 的心得

- 「Bison biting burritos」根本算不上是繞口令。
- Goofus and Gallant [25]在角色的表現上，完全看不出有什麼細微的差別。
- 裡面的益智尋寶遊戲變得比我小時候更難了。
- 我內心裡的某部分想要寫一首詩投稿到「你的專頁」，然後看看這首詩是否會被刊登出來。
- 「Tootie wears a turquoise tutu」也是很糟糕的繞口令。
- 我強烈懷疑每一封「親愛的 *Highlights*」的讀者來信都是捏造的扯淡。

1月24日
下午12:54

和 *Highlights* 相關的補充

把電視影集生命的事實裡那個黑人女孩的角色取名為圖蒂似乎有點種族主義[26]。

---

[24] *Hightlights* 是專為兒童設計的雜誌，風靡美國70多年，是美國歷史最悠久、獲獎最多、目前發行量最大的兒童雜誌。

[25] Goofus and Gallant 是 *Highlights* 創刊人蓋瑞・邁爾斯（Garry Myers）創造的人物。他們是兩個性格截然相反的男孩。Goofus 常常做出魯莽、任性的決定，而 Gallant 總是能成熟、妥善地處理好問題。

我懷疑幫閣樓雜誌假造讀者來信的那些人，就是假造 *Highlights* 讀者來信的同一批人。我真的、真的希望是這樣。

1月24日

下午2:50

不可思議的東西

　　心跳

　　陰道超音波

　　有男性的婦產科醫生

1月24日

下午4:00

關於吉兒的新資訊

- 血型是O
- 126磅
- 經期不規則
- 經血過多，稍微抽筋
- 十六歲開始服用避孕藥
- 在她和彼得結婚期間停藥三年
- 已經在服用產前維他命
- 十二歲時得了水痘
- 和彼得結婚時做過家族性黑矇癡呆症的檢查

- 不想剖腹生產
- 已經懷孕十一週了
- 預產期是 7 月 20 日

關於丹的新資訊

- 很高興吉兒的醫生是女性
- 不知道家族性黑矇癡呆症是什麼
- 害怕開口問什麼是家族性黑矇癡呆症
- 對家族性黑矇癡呆症感到害怕，但也同時害怕自己聽起來很愚蠢
- 「……當彼得和我還是夫妻時」不應該讓我感到這麼困擾

1 月 25 日
上午 4:15

關於彼得的真相

- 如果彼得還活著的話，我老婆就不會是我老婆了。
- 如果彼得還活著的話，那些我已經愛上的小細胞群就不會存在了。
- 最後和那個女孩交往的人通常都是贏家，除非在他前面的那個男人死了。如此一來，那個最後和那個女孩交往的人就永遠贏不了。他永遠都是一個安慰獎。

㉖ 生命的事實（The Facts of Life）是一部美國電視情境喜劇，在 1979-1988 年期間於 NBC 電視台播出，是 1980 年代最長壽的情境喜劇之一。劇情圍繞在紐約北部一所女子寄宿學校裡發生的事；圖蒂（Tootie）是劇中最年輕的一名女學生，也是主角之一。

- 如果吉兒可以改變過去的話，她絕對不會讓彼得死掉，這點我完全可以理解，不過，那也會讓我心碎，事實上，那已經讓我的心碎了一點點。

1月27日
下午6:15

關於懷孕的問題

- 這個所謂的預產期有多準確？
- 母奶在嬰兒出生前還是出生後才會分泌？
- 懷孕幾個月之內，吉兒和我仍然可以親熱？
- 一杯葡萄酒真的沒問題嗎？
- 如果母奶要餵一年的話，那表示吉兒的胸部整整一年都碰不得？
- 為什麼汽車座椅貴得離譜？
- 「羊水破了」到底是什麼意思？

上述的問題清單看起來就像一個要買保險套的青少年偽裝的購物車，原因是

　　只有一個問題是真的。其他的問題只是為了掩飾我真正想知道答案的那個問題。

1月28日
下午5:45

今天那場該死的洗禮給我的感想

- 什麼時候洗禮變成了一種複雜的社會事務，竟然偷走了我一整個下午的時間。
- 十字架形狀的蛋糕不算褻瀆嗎？
- 如果在那個十字架上加上耶穌的話，褻瀆的程度會不會更嚴重？
- 如果耶穌被添加上去的話，是不是就不應該要求「給我一點基督的大腿」或「一點他的左腹」？
- 詢問你妻子的朋友，為什麼不把她孩子的洗禮稱之為「宗教灌輸儀式」，因為這似乎是比較正確的說法，不過，這個問題顯然沒有你以為的那麼聰明和逗趣。
- 我不能在一場洗禮上說「灌輸」，不過，「他媽的混蛋」和「滾一邊去，丹」這種話卻顯然完全沒有問題。
- 對你妻子說，因為她是猶太人，所以她不了解你在洗禮灌輸上的立場，這麼說並不是什麼好主意。
- 如果我們的孩子是個男嬰，而我們又行割禮的話，我可以訂製一個陽具蛋糕嗎？
- 在一場洗禮上問你老婆關於陽具蛋糕的事，也同樣不是一個好主意。
- 在任何時候詢問你老婆關於陽具蛋糕的事，也許都不是一個好主意。
- 堅稱你對陽具蛋糕的問題是認真的（因為你確實是認真的），這並非什麼好主意。

- 主題蛋糕愚蠢地提醒了我們為何在此。
- 嬰兒的宗教儀式包括「把嬰兒按到水裡」或「割小雞雞」。
- 當個嬰兒真衰。

1月28日
下午7:40

遺憾

1. 我們對嬰兒的妥協沒有包括「在醫院行割禮」。
2. 在我發現比爾・寇斯比是個性犯罪者之前，我沒有讀過他寫的為人之父㉟，而現在我就更不能讀它了，即便我聽說那本書很棒。
3. 在我發現凱文・史派西令人討厭之前，我沒有看過紙牌屋㊱，所以，現在我更不能看了，即便我聽說這部戲很好、不過沒有好到很棒的程度。

1月29日
下午1:45

目標

1. 確定現金的位置
2. 確定現金數目
3. 確認入口和出口
4. 確認可能的逃跑路線

5. 確認可能的威脅

6. 不要被記住

「一個人應該要會的事」（根據科幻小說作家羅伯特 · 海萊因的說法）

換尿布（不會）

策劃一場侵略行動（除非我是在玩戰國風雲）[29]

殺一隻豬（不會）

開船（這是什麼意思？）

設計一棟建築物（不會）

寫一首十四行詩（寫得不好）

算帳（會，不過，Excel的表格讓人很頭大）

築一面牆（用樂高）

接骨（不會）

安慰瀕死的人（不確定）

接受命令（絕對會）

下命令（很不幸地，不會）

合作（偶爾會）

單獨行動（會）

解方程式（看情況，因為 1+1=2 也算一個方程式）

---

[27] 美國喜劇演員天才老爹比爾 · 寇斯比（Bill Cosby，1937-）於1986年出版的為人之父（*Fatherhood*），以幽默的視角闡述了身為人父輕鬆的一面。本書由幽默作家拉夫 · 斯科恩斯坦（Ralph Schoenstein）代筆。

[28] 紙牌屋（House of Cards）是美國一部政治權謀題材的網路連續劇，由凱文 · 史派西（Kevin Spacey）監製主演。第一季於2013年2月1日在Netflix首播。

[29] 戰國風雲（Risk）是一款包括外交、衝突和征服的戰略棋盤遊戲，自1957年發明至今，已成為歷史上最受歡迎的棋盤遊戲之一。

關於愛的二十一個真相　　133

分析一個新問題（會，但是分析的品質無法保證）

投糞（投在哪裡？）

幫電腦設計程式（不會）

煮一頓好料（理論上會）

有效率地打架（視對手的尺寸而定）

勇敢地死去（非常不可能）

1月29日
下午 11:40

關於外事戰爭退伍軍人協會9929分會的備註（康乃狄克州西哈特福德南街）

1. 二手菸。天哪。二十年前真的這麼糟糕嗎？

2. 禁止引人注目的武器（除非是為了前面草坪上的那座大砲）

3. 三扇門——都沒有上鎖，包括通往廚房的後門（味道＝真噁心）

4. 參賽者人數200+

   a. 全都是男性

   b. 平均年齡：75（毫不誇張）

   c. 50歲以下的參賽者人數：＞10

   d. 40歲以下的參賽者人數：0

5. 參賽金$100——全都是現金——總金額$20K

6. 酒吧也有現金。有多少？值得冒額外的風險嗎？

7. 地板黏乎乎的。真噁心。會妨礙逃跑嗎？

8. 當比爾攔下我的時候，我正要離開。

9. 賓果是一種蠢到不可思議的遊戲。

比爾・唐納文

「嘿，你。我以前在這裡沒見過你。」

72歲

越戰老兵

二頭肌

港務長轉為MP

下士

「克林格⑩是哪棵蔥？」

「你要玩還是不玩？」

微跛

「你要不就討厭新來的人，因為他是個無名小卒，要不就喜歡新來的人，因為他是個無名小卒。我通常都喜歡新來的人。除非他是個混蛋。」

鰥夫

「不要問我關於我老婆的問題。我說她死了。你只要知道她死了就好。」

「是啊，賓果確實很糟糕。」

「這些傢伙老到或笨到沒辦法玩Hold'em。」

他在越南唯一一次開槍是因為基地裡的一名憲兵誤把他當成了敵人。

---

⑩ 馬克思・克林格（Max Klinger，1857-1920）是德國象徵主義畫家和雕塑家。

「我是被徵召入伍的，笨蛋。你覺得我看起來像個他媽的英雄嗎？」

「那個該死的國家簡直是FUBAR。那裡的每一吋土地都很FUBAR。」

不到一小時就喝了四瓶啤酒。

「你為什麼要做筆記？這又不是什麼需要技巧的遊戲。只不過全憑運氣而已。」

「你不關注任何體育活動嗎？什麼都不關注？連棒球也不愛？」

谷歌得到的答案

MP＝憲兵

FUBAR＝糟糕透頂、沒救了

Hold'em＝德撲（德州撲克）

問題

1. 有男性參賽者比較少、軍事傾向比較低的賓果之夜嗎？老太太之夜？幼兒園之夜？殘障者之夜？
2. 那些錢會被集中保管在哪裡嗎？
3. 人們為什麼要玩這種該死的遊戲？這就像樂透加上墨水和努力。
4. $20K有多重？會佔多少空間？
5. 為什麼外事戰爭退伍軍人協會裡的每個男人看起來都一副怒氣沖沖的樣子？

新的問題：

1. 逃走的交通工具？
   - 不能用我的車
   - 不能租車
   - 不能用借的
   - 不能用偷的（不知道怎麼偷）
2. 不在場證明？
   - 我為什麼需要不在場證明？
   - 也許我不需要。
   - 如果你不能同時出現在兩個地方的話，怎麼可能會有不在場證明？
   - 只有嫌犯才需要不在場證明。
   - 如果我變成嫌犯的話，那一切就玩完了。

如果警方宣稱我是嫌犯，為什麼一切就會「玩完了」

1. 我沒辦法說謊。
2. 我怕警察。
3. 我是一個避免衝突、迎合他人的人。
4. 即便嘗試要執行書店合理的退貨政策，我都會崩潰。

這會讓我變成什麼？

- 小偷？
- 強盜？
- ~~竊賊？~~
- 掠奪者？
- 土匪？

- ~~海盜？~~（但願如此）
- 罪犯？
- ~~羅賓漢？~~
- 英雄？

1月30日
上午2:05

新的想法

我需要給這件事一首主題曲。首先進入我腦子裡的歌詞是：
我對抗法律，而法律贏了。❸

我用了多少時間，才意識到這句歌詞的含義

實在太久了

可能的主題曲

- 「Stayin' Alive」❸：迪斯可太糟了，除非吉兒隨著音樂起
  舞
- 「Bingo」❸：顯而易見又缺乏新意，就像我會做的那種完
  全不酷的事
- 「Mo Money Mo Problems」❹：不敢向自己懷孕的老婆承
  認說自己是個失敗者、而且即將失去房子的那種人所唱的
  爛歌
- 「Take the Money and Run」❺：我的名字不叫做比利‧喬
  或者巴比‧蘇

- 險峻海峽樂團的「Money for Nothing」**㊱**：對我來說太酷了
- ABBA 合唱團的「Money, Money, Money」**㊲**：對我來說是最完美的一首，不過，我絕對不會承認

我之所以試著要找一首主題曲，其實是為了逃避這個計畫的真實存在，這樣的可能性有多高

很高

㉛ 歌曲I Fought the Law的歌詞。這首歌被多個樂團翻唱過，曾經入選滾石史上500首最偉大的歌曲。

㉜ Stayin' Alive是比吉斯（Bee Gees）樂團1977年在週末夜狂熱（Saturday Night Fever）電影原聲帶中的迪斯可單曲。此單曲在1977年12月13日發行，是比吉斯樂團的招牌歌曲之一。

㉝ Bingo是一首起源不明的英文兒歌。

㉞ Mo Money Mo Problems是美國饒舌歌手聲名狼藉先生（The Notorious B.I.G.，1972-1997）於1997年錄製的單曲。歌曲發行之後，連續兩週蟬聯美國告示牌單曲排行榜冠軍。

㉟ Take the Money and Run是史提夫‧米勒樂團（The Steve Miller Band）於1976年錄製的一首歌曲。歌詞講述一對年輕的搶匪情侶比利‧喬和芭比‧蘇、以及追捕他們的警察的故事。歌曲於1976年7月登上美國告示牌單曲排行榜第11名。

㊱ Money for Nothing是英國險峻海峽樂團（Dire Straits）於1984年發行的暢銷單曲。這首歌曲是他們的顛峰之作，除了為他們贏得首張告示牌單曲排行榜冠軍之外，也為他們贏得1985年的葛萊美獎。

㊲ Money, Money, Money是瑞典流行樂團ABBA於1976年發行的歌曲，在全球各地的排行榜上都榮登榜首，也是歌舞劇和電影Momma Mia！裡深入人心的歌曲。

1月31日
上午7:18

我今天了解到自己的事情

　　我是一個避免衝突、迎合他人的人

我最討厭自己的事情

　　我是一個避免衝突、迎合他人的人

2月

2月1日
上午7:12

財務狀況

存款：4,603

收入

我告訴吉兒的數字：2,300

實際數字：1,033

吉兒的收入：2,900

支出

房貸：2,206

Toyota：276

Honda：318

汽車保險：175

助學貸款：395

有線電視和網路：215

電費：132

汽油：446

電話：180

瓦斯：101

財務解決方案

優先考慮

- 賓果
- 乞求億萬富翁
- 「無需感謝卡」的卡片

暫時擱置

- 第二份工作
- 當日沖銷

賓果的待辦清單

1. 確認最可能的賓果地點
2. 弄清楚這份清單還需要加註什麼

乞求億萬富翁的待辦清單

1. 寫信
2. 找出地址
3. 寄信
4. 等待

「無需感謝卡」的待辦清單

1. 設計樣品
2. 也許找一個合夥人？
3. 也許告訴吉兒？
4. 學習如何生產和銷售鬼東西

為什麼感謝卡（作為對收到贈禮的回覆）很蠢

1. 只有傲慢、自以為是、時間太多的混蛋，才會把收到感謝卡看得那麼重要。

2. 大部分的感謝卡內容都很老套、平淡、了無新意。

3. 期待送禮之後會收到感謝卡，讓送禮的行為變成了一種不對稱的交易：我用禮物來換取你的一點卡片紙、微量的油墨、一個信封，也許還有一張郵票。

4. 對感謝卡的期待讓慷慨的行為變成了一種扯爛的禮節陷阱。

為什麼我的「無需感謝卡」卡片超厲害

1. 取代了標準的生日／結婚／畢業卡

2. 讓收到禮物的人擁有「時間」這份禮物（時間是最棒的禮物）

3. 給真正的禮物增添了明顯的價值

4. 幫收到禮物的人省下了買感謝卡的錢

5. 降低了這個世界對禮節的大量期待

6. 激怒傳統主義者和傲慢、自大的混蛋（這向來都很有意思）

我今天學到的事情

真的有「了無新意」這個詞彙。

2月2日
上午8:15

沒有以下這些東西的天數

巧克力糖霜甜甜圈	0
口香糖	0
哭泣	0
小黛比點心蛋糕	0
綠色蔬菜	0
用牙線剔牙	36
顧客的抱怨	0
後悔辭去我的工作	0
老爸	5,734

2月3日
下午5:00

新篇章的二月精選

安迪·威爾的火星任務❶

戈馬克·麥卡錫的長路（對於無時無刻都擔心發生最壞情況的準父親而言不是一個好選擇）❷

馬庫斯·祖薩克的偷書賊（我的猶太老婆很高興看到這本書在清單上）❸

大仲馬的基督山恩仇記（主角愛德蒙·丹帝斯是他那個年代的約翰·麥克連）

塔亞里・瓊斯的銀麻雀❹

我小時候的志願

太空人

身為大人，我最不想成為的是

太空人

我討厭火星任務的原因

馬克・瓦特尼❺讓我覺得自己不太像個男人

丹的宇宙法則 +1

把一個太空植物學家塑造成聰明、勇敢，又像麥特・戴蒙那麼帥，這對我們其他人都設下了不切實際的期望值。

---

❶ 火星任務（*The Martian*）是美國科幻小說家安迪・威爾（Andy Weir，1972-）於2009年在網路連載的小說，2012年由亞馬遜出版推出kindle電子版，銷售一路衝上亞馬遜榜首。小說已被翻譯成30多種語言。後又於2015年由二十世紀福斯影片公司改編為電影。

❷ 長路（*The Road*）是美國作家戈馬克・麥卡錫（Cormac McCarthy，1933-）於2006年出版的長篇小說，描述一對父子在末日後展開一段耗時數月的旅程、奮力求生的故事。本書榮獲2007年普立茲獎、2007年美國鵝毛筆獎等許多國際大獎。

❸ 偷書賊（*The Book Thief*）是澳洲小說家馬庫斯・祖薩克（Markus Zusak，1975-）於2005年出版的小說。以死神的角度，為讀者講述二戰期間一個孤單的德國小女孩，如何藉由閱讀的力量，度過人生最艱困的時期。本書獲獎無數，翻譯成多國語言，並於2013年改編成電影上映。

❹ 出版於2011年的銀麻雀（*Silver Sparrow*）是美國作家塔亞里・瓊斯（Tayari Jones，1970-）的第三部長篇小說，講述一名重婚男子的兩個家庭之間複雜的關係。本書被圖書館期刊選為2011年十大圖書之一。

❺ 馬克・瓦特尼（Mark Whatley）是火星任務的主角。

關於比爾・唐納文的來電

1. 我不記得有給過他我的號碼

2.「我是丹。不是丹尼。」

3. 常常咳嗽

4.「我們週五有賓果。」

5.「我們?」

6. 剛剛申報完他那「該死的所得稅」。

7. 他死去的老婆是個花店店員,名字叫做艾波兒。

8. 他的貓名字叫做巴夫洛夫

9.「你打高爾夫球嗎?」

10.「你到底是做什麼的?」

11. 不看書。「只看報紙和排行榜。」

12. 獨居(除了那隻貓以外)

13.「幸運之輪和危險邊緣!還有那些給蠢蛋看的該死的節目。」❻

14.「那麼,你會來嗎?」

15.「那些遲到的人,他們的生活都糟透了。」

16.「去弄一個印章。」

2月4日
上午9:20

關於比爾的來電，我剛剛意識到的幾件事

1.「你到底是做什麼的？」是一個很好、也很難的問題。

2. 貓的名字叫做巴夫洛夫很好笑。

3. 印章是什麼？

4. 比爾可能很寂寞。

5. 比爾可能知道我很寂寞。

2月5日
上午2:20

我想要問吉兒、卻不敢問的問題

- 比起我們結婚那天，你現在是更愛我、還是更不愛我？
- 你曾經希望我是你那個死掉的丈夫嗎？
- 我的小弟弟和彼得的比較起來如何？
- 你一天會想起你死去的丈夫多少次？
- 你會經常後悔嫁給我嗎？

丹的「結婚的宇宙法則」（只適用於丹）

如果我沒有和吉兒結婚的話，生活會容易許多，不過，如果我沒有和吉兒結婚的話，生活會更加困難。

---

❻ 運之輪（Wheel of Fortune）和危險邊緣！（Jeopardy！）都是美國益智猜謎節目。

2月5日
上午2:55

查爾斯‧達爾文認為的「結婚的優點和缺點」

結婚

孩子——（如果這會讓上帝高興的話）

擁有始終對你感到興趣的穩定伴侶（＆年老時的朋友）

成為被愛＆被逗弄的對象

再怎麼樣都比一隻狗好

有一個家，＆有人可以照顧房子

能夠享有音樂的魅力＆女性閒聊的樂趣

這些都對一個人的健康有益

~~被迫探訪＆接待親戚~~，但會浪費很多時間

不結婚

沒有小孩，（沒有第二人生），年老時沒人關心

愛去哪裡就去哪裡

可以選擇社交，＆選擇性少得可憐

在社交場合中與聰明的人對話

不會被迫造訪和接待親戚，不用屈讓每一件小事

丹認為的「結婚的優點和缺點」

結婚

● 在你的生命期限之內（大概），可以持續——儘管不是經

常性的——有性行為

- 能有一個知識淵博的人在不批判你的情況下，很樂意把電視暫停下來，對你解釋電視節目的劇情
- 家務對半分（如果你的策略得當，還可以更少）
- 早午餐一定會有同伴
- 有乘客會在你開車時，把GPS的方向詳細告訴你
- 經常會有裸女在屋子裡走來走去
- 永遠都有結婚紀念日、情人節和除夕
- 不用再擔心性病（或者保險套）
- 當別人走向你、而你卻忘記他們的名字時，會有人在你耳邊低聲把對方的名字告訴你

不結婚

- 只需要擔心一個愚蠢的行事曆就好，不需要擔心兩個行事曆
- 如果你的配偶在某個特定的晚上不願意和你親熱時，你永遠都不用擔心那反映了當下她有多愛你
- 不用那麼常換床單
- 在你非常想要吃溫蒂的辣雞三明治當作晚餐時可以沒有罪惡感
- 洗衣籃還會是洗衣籃，而不會變成非臨時衣櫃
- 沒有人的房間就不會開燈
- 可以謊稱「早就有別的計畫」來躲開家庭聚會，而不會有該死的道德警察來質問你
- 財務崩壞也是你自己的事

2月6日
上午7:18

為什麼不管吉兒怎麼說，我都不在店裡庫存神奇畫板❷

- 那個神奇畫板讓我覺得自己很愚蠢。
- 那個神奇畫板很愚蠢。
- 紙和筆比那個好多了。
- 畫一個該死的長方形不應該有這麼難。
- 神奇畫板根本是騙人的玩意兒。

2月6日
下午3:22

讓我永遠感激的事物：

1. 成長的過程中沒有網路
2. 再也沒有教職員會議
3. 魔法奇兵❽
4. 免費續杯
5. 海洋
6. 禁止在公共場所吸菸
7. 疫苗
8. 布魯斯·史普林斯汀❾
9. 小黛比點心蛋糕
10. 彼得的不孕
11. 我高中時沒有數位攝影

2月6日
下午6:40

比爾發來的簡訊

今晚有美式足球賽。你應該要看。擴大你的眼界。

如果不接觸新事物，你就會變老。

你他媽的這麼年輕，居然就這麼他媽的老成。

十字繡。我喜歡。

你看到那次擒殺了嗎？

什麼是擒殺？

去你的。

谷歌得到的答案

擒殺：四分衛（或者另一個傳球的進攻球員）在把球往前傳出去之前，於攻防線後面遭到對方擒抱攔截

❼ 神奇畫板（Etch a Sketch）是一名法國人在60年代發明的一種機械式的繪圖玩具。畫板上有兩個轉扭，可以上下左右扭動來畫出線條。1998年，它被列入紐約羅徹斯特 The Strong的國家玩具名人堂。2003年則被玩具工業協會評為20世紀最令人難忘的100個玩具之一。

❽ 魔法奇兵（Buffy the Vampire Slayer）是1997年的經典美國電視影集，講述被選為獵人的高中啦啦隊長巴菲一邊對付吸血鬼、一邊過著普通人生活，並在成長過程中結識夥伴，以及和吸血鬼墜入愛河的故事。

❾ 布魯斯・史普林斯汀（Bruce Springsteen，1949-）是美國歌手暨詞曲創作者。在60年的職業生涯裡共發行了21張專輯，全球售出超過1.4億張，成為史上最暢銷的音樂藝術家之一。他曾經贏得20座葛萊美獎、2座金球獎、1座奧斯卡金像獎和1座特別東尼獎，以及包括國家藝術勳章在內的許多極高榮譽的獎項。

也谷歌了

攻防線：在球賽一開始的時候，區隔兩隊的那條場地假想線

2月7日
上午7:18

我拖延的事

點擊我的銀行app

和我老婆談關於洗衣籃的事

開始節食

投資一個指數型基金

重新設計書店的兒童區

涉及打電話的任何家務

2月7日
下午10:20

和比爾玩賓果

「我告訴過你要帶印章來。」

不抽菸

「絕對不要抽菸。我向來都認為披薩和女孩比香菸好，所以，我就把錢花到那邊了。」

他同時玩九張賓果卡的速度比我玩一張要快多了

問了很多問題

「我討厭這些抱怨固定收入的混蛋。很多人都靠固定收入過日子。這叫做他媽的最低工資，這是不道德的。」

比爾走路和講話都像個共和黨，不過，他可能是民主黨

「無意冒犯，丹尼，不過，你辭去教職去賣書？你他媽的在想什麼？」

「拜託你告訴我，至少你有先拿到你的退休金。」

大喊「賓果！」彷彿他對贏了遊戲很不高興一樣

「你知道亞馬遜。對嗎？你知道他們有賣書。對嗎？」

「如果賣書這件事沒有成功的話，那就回去教書。跑回去。辛苦的工作就是好工作。」

2月8日
上午 11:45

我試著要奉行的守則

- 在我想要打動你之前，我需要先被你打動。
- 沒有後果的規則只不過是建議而已。
- 沒有後果的期限只是一條界線而已。
- 永遠都要權衡「完成某件蠢事所要付出的代價」以及「不完成它所會得到的懲罰」。
- 懲罰幾乎不具任何真實的嚇阻作用。

2月8日
下午7:30

我今天問自己的問題

1. 我胸口的緊繃是來自於壓力、心臟病，還是兩者皆是？
2. 我真的要這麼做嗎？
3. 為什麼$20,000對於某些人來說是一大筆財富，而對另一個人卻只是微不足道？
4. 一個胎兒什麼時候會知道自己的存在？
5. 吃一根250卡的Twix焦糖夾心巧克力比較好，還是吃一顆345卡的酪梨比較好？
6. 讀那些寫得很差的書真的那麼糟糕嗎？
7. 如果不是害怕輸掉，為什麼我那天不和金波·帕爾斯打架？
8. 再去找一份教職對我來說會有多困難？
9. 每一個小弟弟都不可能一樣，那麼，女人對於她們一生中所遇到的一些特定的小弟弟，都有清晰和獨特的記憶嗎？
10. 那些從來沒有吃過卻詆毀7-Eleven熱狗的人，他們知道自己是動不動就批評別人的蠢貨嗎？

2月8日
下午11:05

從五種表達「電影」的方式，能看出你是個什麼樣的人

- 把電影說成Picture的人：難以想像的炫耀狂

- 把電影說成Film的人：勉強算是精英主義者
- 把電影說成Movie的人：正常而且體面的人
- 把電影說成Flick的人：自大而輕蔑的人
- 把電影說成Motion picture的人：連續殺人狂

2月9日
下午11:05

老師有兩種
　　從小就喜歡學校的
　　討厭學校的

我最喜歡的老師類型
　　討厭學校的

2月9日
下午11:30

讓我不會變老的新事物
　　寫劇本
　　學習彈奏烏克麗麗
　　十字繡
　　玩撲克
　　雕刻肥皂

腹語術
學溜冰

2月9日
下午11:50

我可以知道自己終於變成好萊塢編劇的五種方式
1. 寫出一部電影，劇中的男主角戴著眼鏡，正在研究什麼，而他愛慕的女性提醒他吃東西的重要性。
2. 寫出一部電影，劇中男主角正在接受重傷的治療，為了扭轉頹勢，他企圖從病床上下來，卻被他傾慕的女性推回床上，並且提醒他，他還在復原當中，如果是一般人的話，早就已經死在那樣的傷勢下了。
3. 寫出一部電影，劇中酗酒是一種只有男性才會罹患的疾病，並且可以被拯救世界之需所治癒。
4. 寫出一部電影，劇中機械故障可以經由捶打、踢打、用頭撞，以及用扳手重擊那些和故障無關的機械零件而立刻得到修復。
5. 寫一部電影，劇中執法官員的智商和他們的官階成反比。

丹的宇宙法則 +1
　　每個人都以為自己能寫劇本，不過事實上，幾乎每個人都只是善於批評劇本而已。

2月10日
下午12:20

彼得絕對不會說的話

「我想，我要嘗試雕刻肥皂。」

「看看我表演腹語的玩偶。他是不是很酷？」

「我用十字繡幫你繡了一個抱枕。」

2月10日
下午3:17

上週末在書店裡接受到的抱怨

1. 「你們的聖經版本不夠多。」
2. 「我不敢相信，你從來沒有聽過『好人折扣』。」
3. 「那個紅頭髮的女士不太友善。」
4. 「同時有一間男生廁所和一間女生廁所有什麼不對嗎？」
5. 「二十元？你知道我可以去圖書館借這本書嗎？」
6. 「這個冬天糟透了。雪要下不下的。明白我的意思嗎？」
7. 「你為什麼沒有養貓？每一間好的書店都有一隻貓。你需要一隻該死的貓。」
8. 「拜託，老兄。如果你們不賣咖啡，就不算是在努力經營書店。」
9. 「你們的衛生紙太爛了。」

2月10日
下午4:35

吉兒發來的簡訊

我是一個好老師。對嗎？

賈斯伯似乎不認為如此。

我知道他是，可是，他也是我老闆。他的意見舉足輕重。

謝謝你，親愛的。我愛你。

我是一個好老師。對嗎？

2月11日
下午6:17

我的教學信念

1. 如果你沒有給你的學生一個學習的真正理由，就不用費心教課了。

2. 評估學生進步最有效的工具就是絕對的誠實。

3. 說到自律，唯有你願意去做的事，才是你能開口說的事。

4. 計畫每一堂課的第一個步驟是，確定這堂課對學生來說會多有趣。

5. 老師必須有規律地閱讀和書寫，才能成為一個有效率的讀寫老師。

6. 學生的聲音應該要比老師的聲音更常被聽到。

7. 在兒童教育上，老師必須將父母視為完全且同等的夥伴。

8. 如果你的學生在你的課堂上沒有每小時至少笑一次的話，

你就讓他們失望了。

9. 老師教給學生最重要的課，通常都和學術沒有太多的關係，或者完全沒有關係。

10. 最好的行政人員知道，在教導方面，老師們所擁有的知識是他們永遠也不能及的。

11. 時間在課堂上比在世界上的任何地方都要珍貴。一秒鐘都不要浪費。

12. 對學生設定太高的期待幾乎是不可能的。

13. 評估一位老師的效率唯一且最好的標準就是，他們的學生每天都渴望去上學。

2月11日
下午6:35

真相

我原本可以成為一個好老師。

我應該要成為一個好老師。

我以為教書很容易，那就是我為什麼失敗的原因。

我依然可以成為一個好老師。也許吧。

吉兒是一個好老師，我永遠也比不上她。

2月12日
下午9:15

修正過的面試步驟（以避免日後會有像金伯莉那樣的人）

1. 和五個最近接待過面試者的餐廳服務生訪談。詢問他們這名面試者在用餐過程中如何對待他們。

2. 和面試者訪談。問他們下列的問題：
   - 請盡你所能地解釋權利法案。
   - 說出最高法院大法官的名字，越多越好
   - 告訴我你最近讀過的三本書
   - 告訴我一個你尚未達成的目標或者志向
   - 你是一個好人嗎？

雇用金伯莉的實際面試步驟

1. 你想要什麼時候開始上班？

2月13日
下午4:00

我今天問自己的問題

我能獲得銀行貸款嗎？

申請銀行貸款需要涉及吉兒嗎？

我為什麼對銀行貸款這個替代方案這麼興奮？

2月13日
下午5:05

嗶嗶鳥[10]這部卡通教我的事

- 炸藥很容易佈署，很容易瞄準目標，而且永遠不會造成附帶損害。
- 復仇向來都應該越暴力越好。
- 地心引力是變幻莫測的，如果最終結果是好笑且讓人出糗的話，地心引力就會立即停止作用。
- Acme[11]是這個星球上唯一的公司。
- 郊狼不可能被殺死。只會變得扁平和變黑而已。

丹的宇宙法則 +1

當你是唯一一個需要被拯救的人時，解決方法就會簡單很多。還有，炸藥也有幫助。

---

[10] 嗶嗶鳥（Road Runner）卡通是指華納兄弟早期推出的喜劇卡通系列「樂一通」（Looney Tunes），劇中有兩個擬人化角色，一個是威利狼，另一個是嗶嗶鳥。情節敘述總是在沙漠荒野上快樂奔跑的嗶嗶鳥，和想方設法要將對方抓住吃掉的威利狼之間，你追我跑的追逐戲碼。

[11] Acme是樂一通裡專門生產一些離奇產品的公司，不僅品質很差，還會導致災難性的後果。威利狼經常向Acme購買各種產品來對付嗶嗶鳥。

2月13日
下午9:35

不滿意的顧客對「湯瑪斯‧庫克假期」®所提出來的真實抱怨

1. 「他們不應該讓人們在海灘做上空日光浴。那讓我只想要放鬆的丈夫受到了很多干擾。」

2. 「我們到西班牙度假，那裡的計程車司機讓我們很頭痛，因為他們全都是西班牙人。」

3. 「我們預訂了一個水上樂園的遊覽行程，可是，沒有人告訴我們得自備泳衣和毛巾。我們以為那會包含在這個費用裡。」

4. 「海灘的沙太多了。等我們回到我們的房間時，我們必須清潔所有的東西。」

5. 「雖然宣傳小冊上說有全配的廚房，但是抽屜裡卻沒有雞蛋切片器。」

6. 「我們花了九個小時從牙買加飛回英國。可是美國人卻只要花三小時就可以回到家。這似乎不公平。」

7. 「我把我們的單間臥室套房和我們朋友的三房套房相比，我們的明顯地比較小。」

8. 「我們得在外面排隊等船，完全沒有冷氣。」

9. 「我被一隻蚊子咬了。小冊上並沒有提及會有蚊子。」

不滿意的顧客在本週提出的抱怨，只有本週

1. 「我知道那是實際發生的事，不過，安妮‧法蘭克®就那樣不再寫作了，這還是很奇怪。不是嗎？」

2. 「但願我能讓上帝在這本聖經上簽名。」

3.「太厚的書有一個問題，那就是要花更多的時間去讀。」

4.「The Da Vinci Code 應該在T區。所有用『the』這個字開始的書都應該放在T區。這樣才合理。」

5.「你需要一隻貓。還有咖啡。外加低一點的價格。」

2月13日
下午10:55

我希望能在這間書店執行的四條規則

1. 在門口檢查你的手機和鞋子。

2. 每買一個玩具就要買三本書。

3. 你把口水流在了書上，你就得把那本書買下來。

4.「我們可以在圖書館借到那本書」，此話一出將會立刻受到泰瑟槍電擊，並且得交出所有的現金。

---

⑫ 湯瑪斯‧庫克假期（Thomas Cook Vacations）是英國旅遊集團湯瑪斯‧庫克集團推出的度假行程。創立於1841年的湯瑪斯‧庫克集團是世界上最古老的旅遊公司，在全球16個國家擁有560間旅行社與22,000名員工，業務除旅行社外，還含括航空公司與度假酒店；該集團因為財務危機已於2019年宣告破產。

⑬ 安妮‧法蘭克（Anne Frank，1926-1945），生於德國的荷蘭猶太人，是安妮日記的作者，也是二戰期間納粹屠殺中最知名的受害者之一。該書記錄1942年6月12日至1944年8月1日期間，安妮親身經歷的第二次世界大戰中，荷蘭在德國佔領下的生活，此書於她去世後出版，成為第二次世界大戰期間，納粹德國滅絕猶太人的著名見證，也是世界上最知名的書之一。

2月14日
上午8:03

對於彼得那些寫於2月14日的書信，我的看法是

30%　　想看

30%　　不想看

40%　　但願吉兒一直都把它們當成秘密

還有

100%　　希望它們根本不存在

還有

100%　　但願它們不是情人節的情書

2月14日
下午6:20

2018的信

　　比前一年的那封短

　　受信人的稱謂是「我的愛人」

　　署名是「永遠愛妳」

　　「我希望你已經再度找到了愛情」

　　是關於他們第一次乘坐雲霄飛車的故事

　　奶油糖漿冰淇淋

　　「向我弟弟打招呼」

　　「那些該死的拖鞋……」

雷恩快餐

「這個世界還沒有搭乘手提籃下地獄嗎？」[14]

好消息

吉兒沒有哭

首度沒有在這些信裡提到「我會永遠愛妳」

沒有提到性或者吉兒的身體（像2014年那樣）

只剩下三年的信還沒看

壞消息

當她問我想不想看信的時候，我表現得像個該死的混蛋。

我糾正了一個死人，說正確的說法應該是「地獄加手提籃」。

我錯了。應該是「搭乘手提籃」才對。

吉兒可能後來哭了。

下一步

再也不要點奶油糖漿冰淇淋

只要可能，就不去雷恩快餐

只要可能，就不坐雲霄飛車

只要我還活著，就會把「搭乘手提籃下地獄」這句話從我的詞彙庫裡連根拔除

---

[14]「搭乘手提籃下地獄」（go to hell in a handbasket）這句話的起源已不可考，但有一說指出十八世紀時，斷頭台旁邊會放置一個手提籃，好讓死刑犯的頭直接落入籃中。不過也有人指出，斷頭台發明於法國大革命的十八世紀，而這句話早在十七世紀就已經出現了。總之，這句話後來被用來比喻事情往最壞的方向快速發展、迅速惡化的過程。

2月15日
下午3:22

接到的來電

代課老師每天賺 $72

不用考慮銀行貸款了

貓砂對懷孕的女人不好

註冊人數在下降。班級大小在縮減。在經濟不景氣的時候，沒有人會進行不安全的性行為。

2月15日
下午10:55

我不懷念教學的八件事

1. 行政人員會安排莫名其妙的圓圈遊戲，他們宣稱把老師當成專業人員，但是卻安排了使用沙灘球和糖果的團隊活動。
2. 花在設計布告欄的時間比閱讀好書還要多的那種老師。
3. 堅持自己的孩子是天賦異稟的家長，其實，他們的孩子只是普通或者好於普通而已。
4. 相信「先生」或「女士」的稱謂，賦予了自己某種虛偽權威感的老師。
5. 對學生用一種語氣說話，對家長則用另一種語氣的老師。
6. 會盛裝參加家長—老師會議的老師。

7. 在召開會議時，把學校的教職員當作學生對待的行政管理人員。

8. 聽一些不再從事兒童工作的人告訴我們要如何做兒童工作。

2月15日
下午11:20

我對學生說過的一些真實、但卻值得懷疑的事情

「沒有愚蠢的問題。只有問問題的蠢材。」

「如果你把不是食物的東西放進你的嘴裡，你就交不到朋友。」

「我不會處罰你。我只會獎勵你周圍的每個人，因為他們不是你。」

「羞辱是一種有效的、持久的威懾手段，而我會使用它。」

「你們不會相信這件事：我今天穿了兩件內褲。」

真相

我不小心穿了兩件內褲的日子比我承認的還要多。

我以為不小心穿了兩件內褲很好笑，不過，我可能是唯一一個覺得好笑的人。

第三次之後，我就不覺得好笑了。

丹的深度經濟思維

1. 私校是讓美國日漸加劇的經濟不平等更加惡化的理想手段，同時也製造了種族隔離，並且為那些已經擁有各種優勢的孩子製造更多的優勢。

2. 對於擁有健康保險、兩個車庫和有足夠時間來擔心自己問題的白人來說，心理治療是他們負擔得起、也容易取得的治療方式。

3. 在工作日下午5點鐘打烊的商店，對於刻意失業的女人來說，是一種完美的設計。

4. 參與慈善委員會的服務與擁有一份為了三餐溫飽而需要每天努力的工作並不一樣。

丹的宇宙法則 +N

當你沒錢的時候，就很容易輕蔑有錢的人（或更有錢的人）。

當你可以把你的孩子送去念私校、並且讓你自己每週可以做兩次心理治療時，你應該可以應對得了來自那些不太幸運的人對你的一點點仇恨。

2月17日
下午 5:20

關於外事戰爭退伍軍人協會#2（7788分會，米爾福德）的備註

1. 兩扇門——前門和後門。沒鎖。也許有一扇廚房的門？

2. 參賽者人數80+

   a. 都是男性。

   b. 後面的角落有一桌四十歲、滿臉嚴肅的男人。

   c. 大約有三分之一是拄著拐杖或者坐輪椅的殘疾人士。

   d. 太多的雪茄。

3. 參賽金$75——全是現金——總金額$6K

4. 在門口收取所有的現金。密碼箱。

5. 距離高速公路入口匝道不到四分之一哩。

想法：

1. 我不能抓了那個密碼箱就跑。距離出口實在太近了。

2. 這裡的現金不到南街那家外事戰爭退伍軍人協會的一半，但卻容易多了。很難計算風險／回報。

3. 這些傢伙為什麼在玩賓果的時候都那麼沉默？沒有人和別人講話。

4. 我依然需要一個賓果印章。

5. 我想念比爾。

未解的問題

1. 逃跑的交通工具？

2. 槍？

3. 不在場證明？

真相

1. 我非常害怕。

2. 我覺得充滿了活力。

3. 我已經很久很久沒有感到對自己的生活如此有掌控力了。

4. 我不確定自己是否有足夠的勇氣辦得到。

5. 計畫這件事讓我非常樂在其中。

6. 如果一個密碼箱可以被拿起來、然後帶走的話，那它根本就是個愚蠢而且沒有意義的東西。

7. 一輛「逃跑」的車也是「到場」的車。

8. 這為什麼這麼有趣？

2月18日
上午 9:49

修正版的害怕清單

好的害怕

鯊魚

肉毒桿菌中毒（凹陷的罐頭）

失去吉兒

失去這間書店

失去這棟房子

坐牢

勃起功能障礙

死亡

酒醉的司機

皮下注射針頭

老爸突然走進書店

股溝的汗弄濕了我的褲子

冰柱

壞的害怕

冒極大的風險

試吃新的食物

在高中時開口約女生

開車到紐約市

小行星（不是電玩）

天坑

蘆筍尿

飛機

口頭衝突

公開演說

只有在這種情況下，我才會害怕飛機

1. 當我搭飛機的時候

2. 當一架飛機從我上方飛過的時候

世界上最被低估的危險

一架飛機從天上掉下來，降落在你的頭上

關於我對飛機的恐懼，最糟糕的部分是

1. 認為罕見的飛機失事總有一天會發生在我身上，這是一種
   高度自戀的表現。
2. 在飛機上哭而不被注意到是不太可能的事。

2月19日
上午9:49

吉兒發來的簡訊

賈斯伯是個混蛋。

他讓我的日子很難過。

我知道。可是，你再也不知道這是什麼感覺了。

他也有特別喜愛的東西。單身女性。年輕的。

寶琳。也許艾咪。

我打算繼續保持低調，然後希望他會盡快被開除或者升職。

2月19日
上午9:56

身為丈夫的問題

我不能朝吉兒的老闆臉上來一拳。

我不能強迫她的老闆對她好一點。

當我問她想不想要親熱的時候，我覺得自己像個小男孩。

我不知道要如何對待她懷孕的身體。

賈斯伯（吉兒的校長、我的前校長）

　　騙子

　　自戀狂

　　柳腰

　　史提利・丹的粉絲[15]

　　自尊心超強又脆弱（最糟的組合）

　　三隻雪貂

　　經常引用勵志書籍

　　老師們的成功會讓他感到威脅

　　也有一個懷孕中的老婆

　　只吃「好的烤肉」

　　喜歡談論「好的烤肉」

　　小時候也許以為專業摔角是真的

　　經常對女人發表下流的評論，包括吉兒在內

　　呼出來的氣有咖啡的味道

　　不會游泳

　　打壁球

　　需要別人的關注

　　堅持要別人稱呼他為「博士」的博士

問題

　　我打不過金波・帕爾斯。為什麼我以為我可以打得過賈斯伯・比西斯？

---

[15] 史提利・丹（Steely Dan）是成立於1971年的美國搖滾樂團二人組。他們在全球銷售了超過4,000萬張專輯，並於2001年3月入選搖滾名人堂。

丹可能的宇宙法則 +1

　　沒有人真的會改變。混蛋永遠都是混蛋。天使永遠都是天使。你是你一直以來的那個人。有些人只是學會了把他們醜陋的那個部分隱藏起來。

更多的問題

　　那是真的嗎？我想是真的。

　　如果是真的話，那說明了我什麼？

　　人們會和我一樣，經常想到這種亂七八糟的事嗎？

　　把這些東西都寫下來，會讓我覺得更真實嗎？

　　更痛苦？

　　更需要答案？

　　為了我自己的理智，我是否不應該再繼續寫這些清單了。

　　我能夠不再寫這些清單，而繼續保持理智嗎？

　　為什麼每個人都他媽的那麼喜歡六人行？

2月19日
上午10:55

世界上最糟糕的人

　　連續殺人犯

　　北韓的最高領袖

　　當幾哩之內都沒有來車時，還遵守紅燈禁止轉彎標示的駕駛人

　　認為圖書館的書屬於他們所有的那種圖書館員

威斯特布路浸信會[16]

擁有雪貂的人

起鬨者

想要在臉書上引發爭議的人

用蠢問題或者只和自己相關的問題把會議拖長的人

插隊的人

用自創的瞎掰「遊戲規則」來玩大富翁的人

大而脆弱的自尊

故意佔用兩個停車位的駕駛人

從來不讀書的人

自信的蠢蛋

史提利‧丹的粉絲

校長們所做的四件最愚蠢的事

1. 把車停在標示著首長停車位的位置
2. 不提前結束會議
3. 說得多、聽得少
4. 抱怨需要花費很多時間去處理一個問題或危機

為了改善學習效果，學校轄區應該做的三項投資

1. 雇用或培訓能夠以引人入勝、具有啟發性的方式來教導老
   師的職員
2. 撕掉所有該死的佈告欄，然後告訴老師們把他們的時間用

---

[16] 威斯特布路浸信會（Westboro baptist Church）是美國堪薩斯州一個家族式的教會，他
們和美國任何浸信會組織都沒有往來。威斯特布路浸信會是一個以極端反同性戀立場
和遊行示威活動而聞名的獨立教會，被廣泛地認為是宣揚仇恨的組織。

在閱讀好書和計畫能讓孩子們大笑的課程上面

3. 刪除所有介於校長和教育局長之間的行政職務

為什麼雪貂是愚蠢的寵物

1. 牠們很臭
2. 牠們一天至少會拉屎十次，每次都拉出像棕色牙膏狀的黏稠物
3. 牠們是沒有教養的、兇暴的小混蛋
4. 你幾乎沒有辦法遛雪貂
5. 當你試著要遛牠們時，你看起來就像個傻瓜
6. 牠們是愚蠢、噁心版的貓，所以，乾脆養貓就好了
7. 牠們只是飼主用來引人注意的工具
8. 大學女生覺得牠們很可愛，但是這種想法只會維持六分鐘，然後，你就得花兩個月的時間尋找某個蠢蛋來接手牠們

2月20日
下午7:45

我在生產課程學到的事

生產中心沒有 Wi-Fi

自備食物（生產可能需要一點時間）

陰道生產很恐怖

永遠都待在你老婆腰部以上的空間

生產中心會提供停車證明

性行為可以刺激分娩

不要在谷歌上尋找任何和生小孩有關的圖片

不要太早到醫院，否則你會被請回家

在計程車後面生小孩的女人，讓生產看起來似乎容易很多

在羊水破了之後，我們有二十四小時的時間得把小孩生出來

一個女人的自我價值感和她在生小孩時使用止痛劑，似乎具有奇怪且必然的關聯。

新的問題

1. 如果有一堆水等著要從陰道裡破出，那我們要怎麼進行性行為？
2. 會陰切開術是我想的那回事嗎？
3. 如果會陰切開術是我想的那樣，它是怎麼得到這個名字的？
4. 有多少比例的父親，會因為他們的孩子在出生時對他們老婆的陰道所做的事而恨小孩（即便只有一點點）？
5. 到谷歌上查詢「會陰切開術」是不是一個糟糕的主意？

2月21日
上午6:15

班 · 富蘭克林的美德清單

1. **節制**。不要飲食過量；也不要飲酒過度。
2. **緘默**。只說對人或對己有利的話；避免毫無意義的閒聊。
3. **秩序**。讓你所有的物品都有它們固定的位置；讓你工作的

每一部分都享有各自所需的時間完成。

4. **決心**。下定決心做該做的事；一旦決定就要完成。

5. **節儉**。對人或對己有益時才用錢；絕不浪費。

6. **勤奮**。不浪費時間；永遠都做有用的事；避免無謂之舉。

7. **真誠**。不因欺騙而傷害他人；以單純和公正的心態思考，如果開口說話，務必實事求是。

8. **正義**。不因為傷害別人或忽略自己的責任而造成任何不公。

9. **中庸**。避免極端；對於別人帶來的傷害，盡可能忍住對他們的憎恨。

10. **整潔**。保持身體、衣物和住所的整潔。

11. **平靜**。不因瑣事、尋常或不可避免的事故而心煩意亂。

12. **節慾**。除非為了健康或繁衍子嗣，否則少行房事，以免大腦遲鈍、身體虛弱，或者傷害自己或他人的平靜與名譽。

13. **謙遜**。效法耶穌和蘇格拉底。

在富蘭克林列出的美德中，我贊同的部分是

　　秩序。讓你所有的物品都有它們固定的位置；讓你工作的每一部分都享有各自所需的時間完成。

　　備註：洗衣籃不是堆放衣服的地方。

　　整潔。保持身體、衣物和住所的整潔。

　　備註：堆放乾淨衣服的洗衣籃讓我的住所不乾淨。

在富蘭克林列出的美德中，我迫切需要的是

　　決心。下定決心做該做的事；一旦決定就要完成。

　　節制。不要飲食過量；也不要飲酒過度。

備註：平心而論，因為壓力而吃和飲食過量是不一樣的（不管「飲食過量」是他媽的什麼意思）

富蘭克林為人嚴肅、不苟言笑的證明

1. 他在二十歲的時候寫了這份清單。
2. 他企圖要「無時無刻都不犯錯」。
3. 他每週都專注於一項美德，並且記錄自己的進步。

真相（不是開玩笑的）

寫清單的行為和每週專注於一項美德、並且記錄自己的進步有些類似（兩者都可能變得過度執著，並且可能有點瘋狂）

2月22日
下午12:00

腳踏車的優點！

1. 汽車可以被留在家作為不在場證明
2. 不會受到街道的限制
3. 很容易丟棄
4. 可以很容易就用現金便宜地買到

缺點

1. 幾乎快不了
2. 我騎車的技術不太好

新的問題

1. 我要把我的汽車留在哪裡，好作為不在場證明？
2. 我能在晚上騎腳踏車嗎？
3. 我騎車的時候，有辦法把那些錢帶在身上嗎？
4. 一旦你知道怎麼騎腳踏車，你就永遠都會騎，這是真的嗎？即便已經過了十五年？

2月23日

下午4:30

今天寄出的信

比爾和梅琳達・蓋茲基金會
北第五大道440號
西雅圖，華盛頓州98109

華倫・巴菲特
法南姆街3555號
歐瑪哈，內布拉斯加州68131

馬克・古班
德洛奇大道5424號
達拉斯，德州75220

傑夫・貝佐斯
常青角路

麥地那，華盛頓州98039

列給他們的捐款理由

  1. 老師和書店老闆

  2. 懷孕的老婆

  3. 對他們來說，這點錢微不足道

  4. 極大的自我滿足

  5. 看得見的受益人

  6. 永遠的感激

  7. 終生享有新篇章25%的折扣（只是為了博君一笑）

用字措辭的重要備註

  「書店」＝古樸、私人擁有

  「書局」＝企業的、沒有靈魂的

2月24日
上午7:05

吉兒在想卻沒有說出來的事

  1. 丹為什麼不會修理車庫的門？不會更換爆胎？或者把一幅畫框掛起來？

  2. 他依然無法正確地把餐盤放進洗碗機裡。真讓人難以相信。

  3. 他媽媽很討人厭。

  4. 但願我老公有項嗜好。

5. 一個洗衣籃就是一個完美的衣櫃。

6. 今晚，他幹嘛不自己手淫就好？

7. 彼得長得比較好看。

2月25日
上午4:45

買腳踏車的地方

崔克自行車

免費分類廣告網站Craigslist

舊貨拍賣庭院

迪克體育用品有限公司

新舊貨都賣的連鎖運動用品店Play It Again

2月27日
上午4:45

最喜歡的句子

- 「然而，什麼是幸福？那是在你需要更多幸福之前的時候。」——唐·德雷柏[⑰]

- 「在一個超級英雄存在的世界裡，更重要的是，超級壞人也存在的世界裡，身為一個玻璃匠一定是一份很棒的工作。」——麥克·馬隆尼[⑱]

- 「他是三個小孩裡的第四個。」——丹尼爾·梅洛克

- 「所有的絲帶裡，最悲傷的就是白絲帶。」——無名氏
- 「我們沒有人嫁娶了一個完美的人；我們嫁娶的是具有潛力的人。」——老羅伯特‧迪恩‧哈雷斯[19]

2月27日
上午8:20

購物清單

　　該死的狗糧，永遠都少不了

　　覆盆莓

　　衛生紙

　　賓果印章

　　金魚

　　健怡可樂

　　小黛比點心蛋糕

　　還沒買的壺鈴

　　威力球彩券

---

[17] 唐‧德雷柏（Don Draper）是2007年播出的美國電視影集廣告狂人（Mad Man）中虛構的人物和男主角。劇情圍繞在1960年代初，紐約最負盛名的一家廣告公司Sterling Cooper所發生的故事，劇情聚焦於該公司最神秘但才華橫溢的創意總監暨創始合夥人唐‧德雷柏身上。本劇播出後廣受好評，贏得了15座艾美獎和4座金球獎。

[18] 麥克‧馬隆尼（Michael Maloney，1957-），英國演員，活躍於電視、電影、廣播劇和舞台劇的演出。

[19] 老羅伯特‧迪恩‧哈雷斯（Robert Dean Hales，1931-2017），美國商人，自1994年起一直擔任耶穌基督後期聖徒教會十二使徒定員小組成員。在他去世之時，他是教會中第五位最高的使徒。

2月27日
上午 8:45

覆盆莓為什麼是一種莫名其妙的食物
- 它們大約只能保持十四分鐘，然後就變成了糊狀
- 一盒裡面不到二十四顆
- 唯一一種需要放在尿布上的水果
- 這個單字（raspberry）裡的p不發音，讓這個字無法被拼出來

2月27日
上午 8:55

我在購物時最好要買對牌子的商品，否則，吉兒會把我殺了
- 衛生紙
- 洗髮精
- 肥皂
- 洗衣皂
- 面紙
- 牛奶
- ** 基本上，牛奶加上任何和她身體有接觸的東西都得要買對牌子

2月27日
上午9:23

和食物有關的深度思考

1. 沒有人可以嚐得出來乳脂含量1%和2%的牛奶有什麼差別。

2. 小黛比點心蛋糕的壽命至少是覆盆莓的五百倍，這是一件好事。

3. 每個人都在抱怨醃製和再製食物，等到世界末日來臨的時候，他們將會因為罐頭奶油玉米和Twizzlers[20]的存在，而跪下來感謝食品工業。

4. 我不相信有人會買罐頭的奶油玉米。

5. 如果你在一星期之內去了不止一家雜貨店，那你就是時間太多了，而且在某種程度上，你所購買的原種番茄的品質對你而言，比和家人相處的時間更為重要。

2月27日
下午1:10

和比爾·唐納文相處的三個小時

- 很顯然地，我就要變成「丹尼」了。我很怕糾正他。
- 很奇怪，我居然不覺得困擾。

---

[20] Twizzler是美國很受歡迎的一個甘草糖品牌，經常在美劇裡出現；因為形狀扭曲有嚼勁，又叫扭扭糖。

- 他穿的衣服和上次一樣。一模一樣的服裝。粗花呢長褲。藍色的扣領襯衫。棕色的懶人鞋。
- 「賓果根本是狗屎。很多鬼扯的東西都是狗屎。」
- 生氣,不過和他企圖想要表現出來的生氣還差得很遠。真好笑。我覺得他可能很有趣。
- 「我喜歡賓果,因為它不用動腦筋。有時候,你就是不想要想起你所做過的事。」
- 我想,比爾玩賓果的原因,就和人們還在看六人行的原因一樣。
- 還在咳嗽。
- 他認為吃龍蝦的人是「該死的白痴」。
- 他的父親死於癌症。「那從他的膽開始,然後就吞噬了他的全身。」
- 「不,她不是因為該死的癌症才死的。」
- 「不用道歉。我才是那個混蛋。不是你。」
- 我父親曾經是唯一一個、也是另一個把我叫成丹尼的人。
- 「賓果的問題在於等待贏的感覺比贏了遊戲更好。我坐在這裡,希望我能贏,但是我要的是希望。而不是錢。你知道我的意思嗎?」
- 唐·德雷柏和比爾對幸福的定義是一樣的。
- 「誰會選擇威士忌,而不選擇啤酒?喝烈酒的人並不喜歡自己。他們若非企圖要當別人,就是在逃避成為他們不想成為的人。」
- 他的老婆在一場出錯的劫車事件中被殺。她被開了三槍。在喝了另一杯啤酒之後,他很清楚地說了這件事。該死。
- 「越戰之後,我從來都沒想過我會想死。可是,但願我可

以先死。艾波兒在我死後可以擁有自己的生活。我不是那種能過第二人生的人。我還陷在我的第一個人生裡。」

- 比爾和我父親的年紀一樣大。
- 「當你老婆去世的時候，人們眼中看到的是她曾經存在的空間，而不是你。」
- 「哎喲，我的媽呀。賓果！」

2月28日
上午6:30

最佳表現

1992年春天：在一場小聯盟的棒球賽中，接到我這輩子唯一的一個高飛球

1996年夏天：和梅莉莎・塞里茲尼在沙灘散步。她絕對是喜歡我的。而我也絕對搞砸了

1997年春天：區域田徑錦標賽：在撐竿跳中得到第四名

1997年夏天：在位於新罕布夏的蝙蝠洞（凱咪臥室裡的衣櫥）裡，把我的童貞給了凱咪・諾里斯

1997年夏天：在新罕布夏的魏爾斯海灘半月遊樂場玩龍穴歷險記，闖關成功

1998年7月4日：全家在坎德伍德湖野餐時，我和傑克比腕力，我贏了

1998年8月：在奎瑞嶺高爾夫球場的第18洞果嶺和珍妮發生性關係

1999年5月：以全額獎學金進入康乃狄克大學

2001年4月：在康乃狄克大學學生會主席選舉中得到第二名

2002年10月：在哈特福德新聞報發表了一篇專欄文章，內容是關於98.6度的「正常」溫度之真相

2006年6月：受聘於西哈特福德公立學校

2006年9月：在一場教職員會議中讓吉兒笑了

2009年7月4日：吉兒答應了我的求婚

2013年7月1日：開設書店

對於最佳表現的想法

- 我的最佳表現裡有好幾項和女人與運動有關，雖然，我向來最不擅長的兩件事就是女人和運動。
- 在「98.6度是捏造的，就像胡蘿蔔對眼睛有好處一樣」之後，我為什麼不再寫專欄？
- 我老媽在2002年最常提出的問題是：「你打算什麼時候再幫報紙寫一篇東西？」
- 自從我開了書店之後，就一直沒有什麼最佳表現了。
- 把我的最佳表現列出來，感覺並不如我期待的那麼好。

2月28日
上午8:14

對於最佳表現的想法之補充

- 我只花了十四年，就問了我自己我老媽在2002年問過我的那個問題。

2月28日
上午8:30

「對於最佳表現的想法之補充」之追加補充

- 我討厭被我老媽說中。即便是在十幾年之後。

3月

3月1日
上午4:30

財務狀況

　　存款：2,803

收入

　　我告訴吉兒的數字：沒有

　　實際數字：930

　　吉兒的收入：2,900

支出

　　房貸：2,206

　　Toyota：276

　　Honda：318

　　汽車保險：175

　　助學貸款：395

　　有線電視和網路：215

　　電費：132

　　汽油：446

　　電話：180

　　瓦斯：101

　　嬰兒床：479

　　哺乳顯然需要用到的該死的扶手椅：689

　　嬰兒汽車座椅（因為我們顯然需要兩張）：622

3月1日
上午 5:23

吉兒懷孕之後出現的改變
　　完全不問書店的財務狀況
　　再也不讓克萊倫斯上我們的床
　　晚餐吃很多蒸蔬菜
　　所有的東西都是抗菌的

3月1日
上午 7:15

財務解決方案

　　　　　　　　　　實際的

　● 賓果

　　　　　　　　　　白日夢

　● 乞求億萬富翁（信件已經寄出了）
　●「不需要感謝卡」的卡片

「不需要感謝卡」的待辦清單
　　1. 設計樣品
　　2. 製作樣品
　　3. 在有了樣品之後，擔心所有其他的事

3月1日
上午8:00

沒有以下這些東西的天數

巧克力糖霜甜甜圈	20（大約）
口香糖	31
小黛比點心蛋糕	0
用牙線剔牙	67
顧客的抱怨	2
後悔辭去我的工作	0
老爸	5,759

3月1日
下午4:30

為什麼我是個糟糕的人的三個原因
1. 在彼得去世週年紀念日的今天，吉兒花在他墳上的時間讓我嫉妒
2. 她花在購買鮮花去上墳的錢讓我不爽
3. 我每年都私下希望她會忘記今天這個日子

3月2日
上午9:05

新篇章的三月精選

班·溫特斯的地下航空公司❶

凱斯·桑斯坦的星際大戰中的世界❷（星際大戰的東西向來都很暢銷）

混蛋伊森·霍克的騎士守則❸

J·D·范斯的絕望者之歌：一個美國白人家族的悲劇與重生❹（雖然我並沒有讀完……他在書的一半才提出了他的重點）

寇特·馮內果的這個世界還不好嗎？❺

莎拉·麥考伊的麵包師的女兒❻

3月2日
上午11:00

因為太有才華而讓我討厭的人

1. 混蛋伊森·霍克
2. 我們的辦公室裡的那個演員／脫口秀喜劇演員，他也是我們的辦公室的編劇，而且也是那本一堆短篇故事以及另一本沒有圖畫的兒童繪本的作者（我真的很討厭那個傢伙）
3. 艾黛兒
4. 馬特·戴蒙
5. 安娜·坎卓克❼

因為太有才華而應該讓我討厭的人，但是我卻無法討厭他們，因
為我太愛他們了

　　布魯斯・史普林斯汀

---

❶ 地下航空公司（*Underground Airlines*）是美國作家班・溫特斯（Ben Winters，1976-）
於2016年出版的小說。故事發生在一個從未爆發內戰的美國。由於林肯在1861年就
職典禮前遭到暗殺，因此，美國內戰並未爆發，奴隸制度也從未被廢除，並且在南部
四個州仍然合法。一名奴隸被迫幫助聯邦政府抓捕其他逃犯，於是展開了一段痛苦的
自我發現、道德覺醒和道德正義之旅。本書曾經入圍2017年肖托克獎、南方圖書獎、
國際驚悚小說獎等。

❷ 星際大戰中的世界（*The World According to Star Wars*）是美國法律學者凱斯・桑斯坦
（Cass R. Sunstein, 1954-）於2016年出版的一本關於星際大戰的書。該書探討了星際大
戰中有關童年、父親、黑暗面、叛亂和救贖的教訓，並且證明星際大戰在憲法、經濟
學和政治動亂方面也有很多值得世人學習之處。

❸ 騎士守則（*Rules for a Knight*）是美國演員伊森・霍克（Ethan Hawke，1970-）於2015
年出版的小說。以霍克爵士在15世紀寫給四個孩子的一封信作為小說的形式。內容講
述霍克爵士身為騎士的生活片段，並就愛情和騎士精神等主題向讀者提供建議。本書
在出版後評價不一，但仍登上紐約暢銷書排行榜。

❹ 絕望者之歌：一個美國白人家族的悲劇與重生（*Hillbilly Elegy: A Memoir of a Family
and Culture in Crisis*）是美國作家、風險投資家暨俄亥俄州聯邦參議員J・D・范斯（J.
D. Vance, 1984-）於2016年出版的一本暢銷回憶錄。范斯的家族來自肯塔基州，文化
上深受阿巴拉契亞地區的價值觀所影響，而范斯的母親則自小隨父母搬遷至俄亥俄州
米德爾敦，書中探討了阿巴拉契亞的價值觀以及米德爾敦的社會和社會經濟問題。該
書於2016年和2017年連續兩年蟬聯紐約時報暢銷書排行榜，並於2017年入圍戴頓文
學和平獎的決賽名單，後於2020年由導演朗・霍華改編為電影。

❺ 這世界還不好嗎？（*If This Isn't Nice, What Is?: Advice for the Young*）是20世紀末美國
文壇大師寇特・馮內果（Kurt Vonnegut, 1922-2007）給年輕人的建議。本書出版於
2013年，蒐集了馮內果在1978-2004年期間，於9所不同的大學所發表的畢業演說。

❻ 麵包師的女兒（*The Baker's Daughter*）是美國作家莎拉・麥考伊（Sarah McCoy，
1980-）出版於2012年的小說。描述兩名不同時代的女子面臨了改變生命的相似決
定，以及政治排斥、我們在戰時所面臨的可怕選擇，還有愛的救贖力量。本書曾獲選
為紐約時報暢銷書和國際暢銷書。

❼ 安娜・坎卓克（Anna Kendrick, 1985-）美國演員及歌手。她從童年開始演藝生涯，
成名作為型男飛行日誌、歌喉讚系列、暮光之城等，並憑前者獲提名奧斯卡、金球獎
及英國電影學院獎等多項大獎。

嘉莉‧費雪 ❽
諾拉‧艾芙倫 ❾

3月2日
下午5:50

我今天所做的意想不到的事
　　沒有吃小黛比點心蛋糕
　　獨自一個人在辦公室的時候對彼得說話
　　和彼得說話時哭了
　　打電話給吉兒

我對彼得說的話
　　我很遺憾。
　　我盡力要照顧好吉兒。
　　有時候，我希望你還在這裡照顧著吉兒。

3月2日
下午5:55

傑克在電話上說的事
　　●「你還好嗎？」
　　●「你從來都不打電話給我。這就是為什麼。」
　　●「是吉兒嗎？」
　　●「我很遺憾。」

- 「是的，我很快樂。」
- 「你打電話來真的是為了問這個嗎？我的烤架上還有肉要烤呢。」
- 「無意冒犯？那怎麼會是無意冒犯？」
- 「這麼說吧：當你還小的時候，你夢想著你夢想中的工作，因為在你眼中，那是最重要的。不過，後來，你找到了你夢想中的女孩，然後，那份工作就不再那麼重要了。甚至一點也不重要。它只是讓你能夠和你夢想中的女孩一起生活的工具而已。之後，你有了一個孩子，然後就忘記了這個工作。你只想要回家，回到那兩個人的身邊。」
- 「我長大了。我們都長大了。」
- 「我不知道你是否能兼顧兩者。」
- 「你確定你沒事嗎？」
- 「不要做什麼傻事。」
- 「我開玩笑的。你是世界上最不可能做傻事的人。」

3月3日
上午4:20

我對吉兒說的謊

　　書店比它實際的情況更賺錢。

---

❽ 嘉莉・費雪（Carrie Fisher，1956-2016）美國女演員、小說家、劇作家、表演藝術家。她最出名的演出是在星際大戰正傳三部曲及星際大戰後傳三部曲中飾演莉亞公主。

❾ 諾拉・艾芙倫（Nora Ephron，1942-2012）美國電影製片人、導演、編劇、小說家、劇作家、記者、作家。 她因指導和寫作浪漫喜劇而聞名，著名電影作品有絲克伍事件、當哈利碰上莎莉和西雅圖夜未眠。

我從來都不想念教書。

我很高興彼得「依然在我們的生活裡」。

我愛克萊倫斯。

我的心理治療師希望我繼續寫清單。

史提夫不太聰明。

如果這個嬰兒讓我父親和我重聚的話，那就太好了。

我沒事。

我第一次投給了歐巴馬。

3月3日
上午10:00

惹惱一個孩子的六種方式

1. 如果他們問你的話，就說你沒有最喜歡的數字。

2. 如果他們問你的話，就說你沒有最喜歡的顏色。

3. 拒絕透露你的中間名。

4. 問一個小孩他有幾根手指。當那個小孩說十根的時候，你就告訴他只有八根，因為其中有兩根是拇指。然後認真地質疑那個小孩的智商。⑩

5. 用最機械且毫無激情的方式說出流行語，同時假裝你很盡力要把那個流行語說對。

6. 對他們解釋說，獨角獸不是一種想像的動物，而是一種滅絕的動物，用獨角鯨、犀牛和其他陸地上的有角動物來支持你的主張。堅持你的說法，就像狗之於骨頭一樣。

3月4日
下午7:00

我討厭的字眼

- 愛人
- 亦敵亦友（其實就是個敵人）
- 規範（沒有建設性的行政人員最喜歡說的一個詞）
- 鬆軟無力（字義是「鬆散或柔軟地掛著」，不過，這個字眼真的只代表了一件事）
- 嗯
- 放屁（它讓我想到屁眼）
- 利益關係人（最好說成「在乎的人」）

3月5日
上午8:00

兩個還算認真的商業點子

1. 資訊性尿布：與其在尿布上印芝麻街的角色，不如印上給家長的訊息，例如，如何幫助你的孩子成功？
2. 生活紀錄：一家專門整合個人、夫妻，或家庭簡訊的公司，目的是將這些訊息保留下來，留給後代子孫。

---

❿ 這是一個腦筋急轉彎的問題。英文中四根手指（finger）分別叫做 index finger、middle finger、ring finger、little finger，只有拇指叫做 thumb，而不使用「finger」。

尿布可能傳遞的訊息

對你的孩子唱歌。嘗試ABC的歌或者「小小蜘蛛」。

把電話放下來，呆瓜。

研究顯示，你不應該讓這個寶貴的孩子在生命的頭兩年看任何螢幕。

想都別想帶這個寶寶去電影院。

記住這點：當你的寶寶在一間餐廳裡哭叫時，就是他們為什麼會發明「戶外用餐區」的原因。

每天都讀書給這個寶貴的孩子聽。即便在年幼時期，讀書也會帶來很大的不同。它會降低你的孩子在成年後還住在家裡的機會。

如果你的孩子在兩歲的時候還睡在你的臥房裡，那麼，你劃清界線的能力實在糟透了。

最近讓我討厭的一個新字眼（也討厭我自己用這個字眼）

傳遞訊息

3月6日
上午11:40

和文化相關的重要問題

1. 為什麼卡莉・蕾・傑普森會認為一個女孩在剛認識一個男孩之後，就把自己的電話號碼給他是很瘋狂的行為❶？約會不就是這樣來的嗎？

2. 我不在乎那些熱愛指環王的書呆子怪胎說什麼：為什麼那

些老鷹就是不把佛羅多帶到魔多？或者更好的作法是，為什麼托爾金就是不透過文學上的蒙太奇讓佛羅多和山姆走回家，然後避開這段扯淡的老鷹情節？

3.「他們說，天堂裡，真愛至上」？真的嗎，貝琳達・卡萊爾[11]？這句話是什麼時候說過的？他們又是誰？

4. 瑞秋・普雷頓錯了。真相不是你深信不疑的事[13]。這就是這個該死的世界的問題。真相已經不再基於事實了。

5. 為什麼會有人喝Mr. Pibb[14]？

6. 為什麼布朗博士[15]不乾脆告訴馬蒂和他的女友，他們的孩子未來會發生什麼事，這樣，他們就可以全然地避開麻煩了？

7. 如果我感覺自己「像一個沒有屋頂的房間」，我就應該跟著拍拍手？[16]那應該是什麼感覺？不完整的？飽受風吹雨打？上空？

---

[11] 卡莉・蕾・傑普森（Carly Rae Jepsen，1985-），加拿大歌手、詞曲作家、演員。她在2011年發行的單曲Call Me Maybe的歌詞裡提到一個女孩在剛認識一個男孩之後就把電話給了男孩，女孩自問這是否太瘋狂。這首歌在2012年成為當年最暢銷的單曲。

[12] 貝琳達・卡萊爾（Belinda Carlisle，1958-），美國歌手。因擔任有史以來最成功的全女性搖滾樂團Go-Go's的主唱而聲名鵲起。「他們說，天堂裡，真愛至上」（They say in heaven, love comes first）是她在1987年錄製的歌曲Heaven is a Place on Earth中的歌詞。這首歌於1988年獲葛萊美獎提名角逐最佳女歌手。

[13] 瑞秋・普雷頓（Rachel Platten，1981-）是美國創作歌手、作家。真相是你深信不疑的事（Truth is what you believe in）是她發行於2015年的歌曲Stand By You中的歌詞。

[14] Mr. Pibb是可口可樂公司於1972年夏天推出的軟性飲料。

[15] 布朗博士和馬蒂是1985年上映的美國科幻喜劇電影回到未來（Back to the Future）的主角。

[16]「如果你感覺像一個沒有屋頂的房間，你就跟著拍拍手」（Clap along if you feel like a room without a roof）是美國音樂家法瑞爾・威廉姆斯（Pharrel Williams，1973-）於2013年創作和演唱的歌曲快樂（Happy）中的歌詞，比喻感覺無拘無束、自由自在。這首歌成為2014年美國最暢銷歌曲，並三度創下英國榜單第一名，是2014年最成功的歌曲。

丹的宇宙法則 +1

音樂家不需要為很多胡謅的、不合邏輯的、沒有意義的歌詞負責，因為他們的這些歌是寫給愚蠢的青少年和無腦的跟風者。

雖然完全合理、卻也是胡扯的歌詞

肯尼·羅傑斯的「賭徒」[17]

強納森·庫爾頓的「程式阿猴」[18]

阿姆的「史坦」[19]

貓王艾維斯的「心存懷疑」[20]

披頭四的「Ob-La-Di, Ob-La-Da」[21]

特莉莎·耶爾伍德的「她愛上了那個男孩」[22]

吉米·亨德里克斯的「星條旗」[23]

強尼·凱許的「名叫蘇的男孩」（由兒童作家暨詩人謝爾·希爾佛斯坦創作）[24]

保羅·賽門的「心如岩石」[25]

史普林斯汀的「雷霆之路」[26]

你以為歌詞很棒、但其實並非如此的歌

唐·麥克林的「美國派」（抱歉，唐，可是，有些歌詞實在不合理）[27]

哈利·查平的「搖籃裡的貓」（不難猜到）（還有，我比較喜歡Ugly Kid Joe的版本）[28]

真相

我絕對不會告訴吉兒，我喜歡Ugly Kid Joe勝過哈利·查平。

如果吉兒喜歡Ugly Kid Joe勝過哈利·查平的話，那會滿酷的。

❼ 肯尼・羅傑斯（Kenny Rogers，1938-2020），美國知名鄉村歌手、詞曲作者、演員、唱片製作人、企業家，是全球最暢銷的藝人之一。賭徒（The Gambler）是羅傑斯的標誌性歌曲及最經久不衰的熱門歌曲。

❽ 強納森・庫爾頓（Jonathan Coulton，1970-），美國民謠／喜劇創作歌手，以關於極客文化的歌曲和利用網路吸引歌迷而聞名。程式阿猴（Code Monkey）是他最受歡迎的歌曲之一，歌詞講述一名菜鳥程式設計師的日常，被稱為是一首「關於沒有前途的程式設計工作之搖滾頌歌」。

❾ 阿姆（Eminem，1972-），美國著名饒舌歌手、詞曲作家、唱片製作人、演員及電影製作人。阿姆因在美洲地區普及嘻哈音樂而聞名，他的作品贏得了無數獎項，也被滾石列為有史以來最偉大的100位藝術家之一。2001年發行的歌曲史坦（Stan）敘述一名自認是阿姆最忠實粉絲的男子史坦，因為對偶像的過分癡迷而做出瘋狂極端行為的故事。歌曲的敘事結構、情感刻劃及內容深度都受到了樂界的讚揚，並被列為有史以來最偉大的嘻哈歌曲之一。

❿ 心存懷疑（Suspicious Minds）是艾維斯於1969年推出的單曲，在美國告示牌百強單曲上排名第一。

⓫ 披頭四的Ob-La-Di, Ob-La-Da發行於1968年，Ob-La-Di, Ob-La-Da在奈及利亞約魯巴語裡意味著生活還得繼續下去。這首歌曲在錄製期間雖然一波三折，但推出後在澳洲、日本、西德、紐西蘭等國家的單曲排行榜上都名列前茅。

⓬ 特莉莎・耶爾伍德（Trisha Yearwood，1964-），美國鄉村歌手，她憑藉1991年的首張單曲她愛上了那個男孩（She's in Love with the Boy）而一舉成名。該曲成為告示牌鄉村單曲排行榜的第一名。

⓭ 吉米・亨德里克斯（Jimi Hendrix，1942-1970），美國吉他手、音樂人，被公認為流行樂史上最重要的電吉他手，也是20世紀最著名的音樂家之一。亨德里克斯以其兼具爭議性和原創性的風格，在1969年紐約胡士托音樂節上演奏美國國歌星條旗（The Star-Spangled Banner），用吉他模仿出戰爭中的聲音，成為星條旗最出色的版本之一，並收錄於1999年發行的亨德里克斯之「胡士托現場演出」專輯裡。

⓮ 強尼・凱許（Johnny Cash，1932-2003），美國鄉村音樂創作歌手，他所創作和彈奏演唱的歌曲包括鄉村、搖滾、藍調、福音、民間、說唱等多樣曲風，被公認為美國音樂史上最具影響力的音樂家之一。1969年發行的歌曲名叫蘇的男孩（A Boy Named Sue）講述一個名叫蘇的男孩因為女性化的名字而在成長過程中飽受嘲笑，因此對父親展開報復的故事。這首歌成為告示牌百大歌曲排行榜上最熱門的歌曲。

⓯ 保羅・賽門（Paul Simon，1941-），美國流行音樂歌手、唱作人、吉他手、音樂製作人，也是60年代著名民謠音樂二人組「賽門與葛芬柯」（Simon & Garfunkel）其中一員。心如岩石（I Am a Rock）最初收錄於1965年發表的保羅・賽門個人專輯，隔年推出二部合音版，成為暢銷單曲。歌詞描繪一個人在感情受創之後的自我孤立和情感疏離。

⓰ 史普林斯汀的雷霆之路（Thunder Road）描述一個女孩和她的男友，以及他們「實現夢想的最後機會」，透過歌詞讓人思考自己是誰以及你對自己的想像；這首歌被列為史普林斯汀最偉大的歌曲之一，也是史上最受歡迎的搖滾歌曲之一。

3月7日
上午7:20

比爾的來電

「你為什麼從來不打給我？」

「拜託。去看一場該死的籃球賽，這樣我們就有話可聊了。」

「除非有人快死了，不然，哪有什麼大不了的事。或者已經死了。」

「你沒有想到要告訴我她懷孕了？搞什麼？」

「不要飲酒過量。你知道的。對嗎？」

「星期二下午你有空嗎？我需要搭個便車。」

我想要告訴比爾，但卻無法說出口的事

我想要成為不同凡響的人。

我想要變得勇敢。

我想要比彼得優秀。

我想要讓我父親以我為傲。

我想要成為那種可以照顧吉兒的男人。

我想要做點什麼。

我不想當一個過著平凡生活的平凡人。

錯誤

以為書店會讓我成為比較不那麼平凡的人

相信我可以讓生意有起色

欺騙我自己說生意有起色了

欺騙吉兒說書店的生意利潤豐厚

沒有盡可能地多方嘗試，並且盡可能不要一事無成

真相

賓果會是一件了不得的事

不確定這會是一種好的「了不得」

那不會是很普通的一件事

它解決了很多問題

不只是錢的問題而已

3月7日
上午11:00

寇特．馮內果對四季的傑出新定義

一月和二月：冬季

三月和四月：解鎖（我們絕對處在解鎖的階段。今天完全不像春天）

---

❷⓻ 唐．麥克林（Don McLean，1945- ），美國創作歌手。他的代表作包括長達八分鐘的美國派（American Pie）以及膾炙人口的梵谷之歌（Vincent）。麥克林曾經指出「美國派」裡的歌詞是他的個人自傳，也抽象呈現了他在50年代中期到60年代撰寫歌曲時的人生故事。美國派發行於1971年，並於1972年在美國告示牌排行榜中連續四週奪冠；後於美國唱片業協會和美國國家藝術基金會在2001年舉辦的投票中，獲選為世紀之歌的第五名。

❷⓼ 哈利．查平（Harry Chapin，1942-1981）美國歌手、作曲家、慈善家，以其民謠搖滾和流行搖滾而聞名。搖籃中的貓（Cats in the Cradle）發表於1974年，榮登該年度美國告示牌百強單曲榜首，是查平最著名的作品。歌詞講述一對父子在時光荏苒下，因為父親逐漸年邁、孩子逐漸長大而在現實生活中角色互換的故事。1992年，美國搖滾樂團 Ugly Kid Joe 也在樂團首張專輯中翻唱了這首歌曲。

五月和六月：春季

七月和八月：夏季

九月和十月：秋季

十一月和十二月：封鎖

3月7日
下午2:45

我最近愛上的事物

奇波雷的墨西哥捲餅[19]

Kottke.org[20]

萊爾·拉維特的潘朵拉網路電台[21]

我那只穿一件T恤和內褲的老婆

金屬水壺裡的冷水

替代拖鞋的卡哈特襪[22]

吉士蛋滿福堡

帽T

氣溫高於三十五度的任何日子

3月8日
下午10:13

最壞的消息

全球饑荒依然存在。

癌症還沒有解方。

吉兒的胸部現在超級敏感。

3月8日
下午11:50

倫敦生活的守則（魯德亞德·吉卜林，1908）[33]

1. 早點洗澡，並且經常使用肥皂和熱水。

2. 不要在公園的草地上打滾。那會讓你的衣服變黑。

3. 絕對不要在公車上層吃牛肝菌、生蠔、長春花或薄荷。那會惹惱車上的乘客。

4. 對警察好一點。你永遠不知道你什麼時候會被帶走。

5. 絕對不要用你的腳去擋一輛摩托車。那不是一顆槌球。

---

[29] 奇波雷（Chopotle）是美國知名的墨西哥連鎖餐廳，在加拿大、英、法、德都有分店。

[30] 由Joson Kottke創立於1998年的部落格，是網路上歷史最悠久的知名部落格之一。內容涵蓋了Jason本人感到興趣的多樣主題，包括科技、文化、設計等等。

[31] 萊爾·拉維特的潘朵拉網路電台（Lyle Lovett Pandora Station）是以美國歌手萊爾·拉維特和樂風性質相近的歌曲為主題的網路電台。

[32] 卡哈特（Carhatt）是成立於1889年的美國家族式服裝公司，以製造優質，舒適耐用的高質量工作裝而聞名，其產品多採用優質織物材料，並適合於各類極端惡劣的工作環境。

[33] 魯德亞德·吉卜林（Rudyard Kipling，1865-1936），生於印度孟買，英國作家及詩人。主要著作有兒童故事叢林奇譚（*The Jungle Book*）、印度偵探小說基姆（*Kim*）、短詩如果—（If-），以及許多膾炙人口的短篇小說。他是英國19世紀末至20世紀初最受歡迎的作家之一，被譽為「短篇小說藝術創新之人」，也被視為英國19世紀日不落國的帝國文學代表作家。吉卜林於1907年獲得諾貝爾文學獎，是第一位獲得該獎項的英語作家。1908年6月9日，吉卜林在12歲的小女兒來訪倫敦之前，寫了一封信給女兒，信中提到了這份「在倫敦生活的守則」。

6. 不要試圖把國家美術館牆上的畫拿下來，也不要企圖在國家歷史博物館裡拿走蝴蝶箱。如果你這麼做的話，你會被注意到的。

7. 避開深夜時刻、醃鮭魚、公眾集會、擁擠的十字路口、排水溝、灑水車和暴飲暴食。

西哈特福德生活的守則（根據吉卜林的清單所做的微調）

1. 早點洗澡，並且經常使用肥皂和水。沒有必要用熱水（科學事實），以免浪費錢。

2. 在草地上打滾。盡可能抓緊童年的快樂，因為長大之後會有太多的問題，除非你像我弟弟那樣，似乎總是能擁有意外的好運，或者是一個擁有家族信託基金，但卻不嗑藥、不酗酒，也不惹人厭的富二代。還有，這個世界已經不再覆蓋著煤塵（儘管某些政客盡了最大的努力），所以，不用擔心你的衣服。

3. 絕對不要在公共運輸上、電影院或者餐廳裡把你的手機當成電話。那會讓人們不爽，並且讓他們想要殺了你。另外，立刻把洗衣籃清乾淨。它們是運輸的器具。不是貯存的器具。

4. 對警察好一點。很顯然地，自從吉卜林的時代以來，執法部門完全沒有改變。

5. 絕對不要打槌球。那是愚蠢的精英人士玩的遊戲（就像希德姐妹幫裡呈現的那樣）❶。

6. 不要試圖把國家美術館（或者任何博物館）牆上的畫拿下來，或者在國家歷史博物館裡拿走蝴蝶箱（或者任何東西）。比起吉卜林的時代，你更會被注意到，因為到處都有攝影機。老大哥統治著這個世界。喬治・歐威爾❶是對

的。如果你膽敢嘗試把博物館裡的任何東西拿走的話，你絕對會被逮捕。還有，這麼做會讓你成為一個混蛋。

7. 避開深夜時刻、醃鮭魚、擁擠的十字路口、排水溝、暴飲暴食，以及所有的集會。

3月9日
上午12:20

備註

動物農莊㊱在吉卜林死後九年才出版。

3月9日
上午1:50

半夜的領悟

類似動物農莊這樣不可思議、警惕人心的不朽之作在我死後才會被出版，那就意味著有一些書是我永遠也無法讀到的，而且

㉞ 希德姐妹幫（Heathers）是1989年美國青少年黑色喜劇電影，劇情講述三個名叫希德的高中女孩在學校裡組成「希德姐妹幫」，並吸收其他女孩加入她們使壞行列而引發的一連串荒誕的故事。

㉟ 喬治·歐威爾（George Orwell，1903-1950），英國小說家、新聞記者和社會評論家。他的作品以通俗易懂、批判社會、反對極權和擁護民主社會主義而聞名。最著名的作品為中篇小說動物農莊和反烏托邦小說1984。他在1984中塑造的「老大哥」是小說中大洋國的領袖，也象徵著權力的存在。在1984中，歐威爾描寫人們永遠都處於極權無處不在的電子螢幕監控下的社會，因而有「老大哥在看著你」一說。

㊱ 動物農莊（Animal Farm）為英國作家喬治·歐威爾於1943-1944年間的創作，是一部以動物的故事形式來諷刺政治時事的諷刺寓言小說，於1945年在英國正式出版。

永遠也不會知道它們的存在。這似乎不足為奇，不過，一直到我夢見吉卜林在動物農莊出版之前九年就已經去世時，這個認知才開始讓我感到如此震撼。對吉卜林來說，這是多麼可怕的一件事。對未來已經死亡的我而言也是。

3月9日
上午8:20

要做的事

千萬不要死。

讀書讀快一點。

3月10日
下午3:45

產前檢查#2的備註

- 吉兒、孕期或任何事都沒有問題，那為什麼每次我們走進醫生辦公室的時候，我都那麼緊張？
- 吉兒重了六磅。
- 任何時候，吉兒都可以排尿在杯子裡。我不知道她是怎麼辦到的。
- 肚子上抹了凝膠。
- 我在那間檢查室裡所說的話，沒有一句像我以為的那麼好笑。

- 寶寶的心跳。
- 眼淚。
- 吉兒左側持續的刺痛感是由於韌帶收縮所引起的。她整個身體都在變化，以便能將這個寶寶擠出來。
- 你會覺得進化對女人來說，並沒有讓生產變得更容易。
- 進化是重男輕女的。
- 囊腫性纖維化的測試是陰性的。
- 在醫院遇到了那位男性婦產科醫生。他一定是個讓人毛骨悚然的混蛋。

3月10日
下午4:40

吉兒依然愛我的確切跡象

1. 她在洗手間的門開著的情況下尿尿，還一邊繼續和我講話。
2. 如果必要的話，她會一直幫我撓背。
3. 她在電影院裡握著我的手。
4. 當我睡覺的時候，她把她的腿跨在我的身上。
5. 在我知道她渾身上下每一個細胞都討厭肉卷❸的情況下，她依然在車裡和我一起聽他的音樂。

---

❸ 肉卷（Meatloaf），本名麥可・李・艾德（Michael Lee Aday，1947-2022），是美國傳奇搖滾天王，在音樂和戲劇的領域都有傑出的成績。曾經在70年代以一首搖滾抒情曲地獄蝙蝠（Bat Out of Hell）紅遍全世界。

3月11日
上午10:55

我依然愛吉兒的確切跡象

1. 我不希望她再為任何事情擔心。
2. 對於水槽裡的頭髮，我什麼也沒有說。
3. 我在晚餐前洗手，雖然我覺得那很蠢。
4. 我一週只抱怨一次或兩次洗衣籃的事。
5. 有時候，我還是不敢相信她是我老婆。
6. 我曾經想為了自己而有所作為，不過現在，我更希望為了她而有所作為。
7. 對她說謊讓我很難過。
8. 當她鉅細靡遺地描述她的教職員會議時，我既沒有抱怨、也沒有表現出漠不關心。
9. 我很害怕失去她。

3月11日
下午2:40

吉兒發來的簡訊

我對會議的感覺，開始和你一樣了。

然後，我想起我們是在這種討人厭的場合裡認識的，所以，我就原諒了一切。

原諒了大部分。

當你的老闆不信任你去做最簡單的事情時，那種感覺真的很

討厭。

為什麼他就不能做他該做的，然後，讓我們去做我們該做的。

3月11日
下午2:43

真相

出現問號失誤的人是吉兒。不是我。

我考慮了半秒鐘，在想要不要更正她。

我花了兩分鐘的時間，在考慮要不要在這裡更正。

從現在開始的三天內，我都還會持續在想是否要更正問號的事。

3月11日
下午3:30

領導者永遠不理解的會議準則

- 短一點的會議永遠都是最好的會議。準時結束代表你的效率並不高。只是一般般而已。
- 會議太晚結束意味著你的生活糟透了。
- 一場沒有笑聲的會議是失敗的會議。
- 在會議開始的時候，提供每個人一支伸縮筆是很愚蠢的。
- 在一場會議前先檢視會議規則，清楚地顯示出你在領導能力上缺乏自信。

- 如果沒有用 PowerPoint 做簡報，你就無法主持會議的話，那你就不應該主持會議。
- 「讓我們先從一個破冰遊戲開始吧」，沒有人想要聽到這種話。

丹的宇宙法則 +1

一場沒有蛋糕的生日派對只是一場會議而已。

3月11日
下午6:00

人們不能或不會委派責任的十四個原因（這種人因此變成了讓我老婆和她的同事發瘋的可怕行政人員）

1. 他們對於「正確的方法只有一個」具有不可動搖的信念。
2. 他們不能接受自己的期待沒有被 100% 達到。
3. 他們對別人的能力缺乏信心。
4. 他們不了解自主權在委派責任時的重要性。
5. 他們不明白在一開始時投資時間，對於未來的生產力有多麼重要。
6. 他們不事先計畫。
7. 他們從不管理待辦事項的清單（心理上或實際上）。
8. 他們無法開放性地思考。
9. 他們是沒有效率的老師。
10. 他們把付出看得比結果重要。
11. 他們把他們工作量的減少，視為對他們的自尊或者自我價

值的一種威脅。

12. 他們害怕失敗。

13. 他們過度依賴習慣或常規。

14. 他們不用有效和激勵人心的方法來跟進委派的責任。

我無法有效委派責任的原因

1. 我有點怕我的員工。

3月12日
下午3:45

和嬰兒有關的新事物

- 吉兒有一個孕肚。

- 吉兒的孕肚意外地性感。

- 嬰兒推車實在太貴了。

- 汽車座椅根本就是鬼扯。什麼該死的有效期限？

- 嬰兒床貴到離譜。

- 尿布。我的天哪。

- 布尿布是專為自我厭惡的父母設計的，還有那些有時間把養兒育女當作事業來做、並且希望我們所有人都知道的父母。

- 一張嬰兒床和一個搖籃？

- 築巢是一種真實存在的行為。

- 為什麼父母親要花錢買印有芝麻街角色的尿布，事實上，嬰兒根本不在乎，他們只會在那些角色上面大小便？

- 哺乳專用椅是一種虛構的東西。
- 我應該要賣嬰兒用品，而不是書。
- 嬰兒的東西真是一個暴利市場。

3月12日
下午10:40

關於崔斯特菲爾德消防隊賓果之夜的備註

1. 二樓——一個出口。沒有逃生門的建築。我了解這個反諷。
2. 那裡的其他人顯然都沒有意會到這個反諷。
3. 參賽者人數100+
   a. 全是男性。年齡在30-70歲之間。
4. 參賽金 $50——全都是現金——總金額 $5K
5. 無法確定在支付獎金之前，那些參賽金會被放在哪裡。
6. 消防員體型超大。即便退休的消防員也一樣。

想法：

- 不可能。建築的格局太糟了，而且那些傢伙讓我嚇死了。
- 我討厭賓果。它實在蠢到不行。
- 如果我要用腳踏車作為我「前往」和「逃離」的交通工具，那麼，我就不能用主題曲了。
- 我一直在等待自己放棄這個荒謬且瘋狂的點子，但是，我每一天都更加喜歡這個點子。
- 「興奮」和「害怕」就像連體嬰。二者相輔相成。

尚未解決的問題：

1. 槍？
2. 藏匿地點

3月13日

下午4:30

比爾的約會

- 「你可以載我去赴一個約嗎？」意味著「你可以花幾乎一整天的時間陪我一起等嗎？」
- 「不，我沒有他媽的快死了。你是哪裡有問題啊？」
- 「一顆疣沒什麼好尷尬的，除非你才八歲，而且又很愚蠢。」
- 比爾為了要去看醫生而盛裝打扮。領帶和開襟衫。看起來像個老人。
- 「你老婆是個寡婦？他媽的。你沒有告訴我？我們還是朋友嗎？」
- 比爾是我的朋友。
- 知道前台小姐叫什麼名字。
- 殘障停車位真是太棒了。
- 我不知道比爾為什麼是殘障人士。
- 「帶著筆和紙做什麼？他媽的。你在寫書嗎？或是要寫有史以來最長的購物清單？」

根據比爾的說法，「關於你老婆，你所需要了解的事」（他從來沒有見過我老婆）

- 她的心夠大，才能持續地愛她死去的老公和你。
- 有時候，你老婆死去的丈夫對她來說，會比其他時候更有存在感，如果你不准許她有這樣的感受，那你一定就是個非比尋常的討厭鬼。
- 不要企圖和一個死人相比。死人永遠都是贏家，因為他再也不能把事情搞砸了。
- 要娶一個寡婦需要勇氣。除非你沒有了解到那需要勇氣。如果是那樣的話，那你就太蠢了。
- 要再愛人很難。不要忘記這點。她嫁給了你，所以，她一定真的很愛你。

丹的宇宙法則 +N

四個小時對一個老人來說＝他們腦子裡的五分鐘

把停車位稱之為「殘障」停車位並沒有關係，不過，殘疾（除非這個用語被視為一種冒犯）指的是人而非停車位，除非所有的停車位都有「殘障」標誌，否則，只把給殘疾人士使用的停車位標示為「殘障」是沒有意義的。

如果你把「美國人認為」這句話換成「擁有座機並且接聽主動來電的美國人認為」，那麼，這個世界就合理多了。

候診室裡的東西

24把椅子

2張咖啡桌

6本家政雜誌

4本時代雜誌

4個人（不包括我和比爾）

一個衣帽架

丹的宇宙法則 +1

候診室裡的椅子和病人的比例實在太糟糕了。

3月14日
上午9:00

新篇章目前的員工等級

金伯莉：認為她負責管理（而且發了憤怒的郵件給我，信中影射了這件事）

史提夫：讓金伯莉負責管理，事實上他才是負責管理的人（很聰明）

珍妮：根本不在乎誰負責管理

莎朗：聰明到不想負責管理

羅比・休（從來不買東西的常客）：表現得像是他在負責管理一樣

我：應該負責管理，但卻徹底失敗

一則似乎是特別為我而寫、而且激勵人心到不可思議程度的推特

「在此提醒，小熊維尼穿著一件露肚裝，沒有穿褲子，吃他最愛的食物，並且愛他自己，你也可以做到。」

3月14日
下午1:45

九種人類溝通的最低級形式

1. 要求來的道歉
2. 因為沒有收到感謝卡而發出的抱怨
3. 聲稱「我對你很生氣，我會寫郵件給你，而不會面對面和你說話或打電話給你」的郵件
4. 以任何形式出現的匿名批評或攻擊
5. 大聲唸出來的 PowerPoint 幻燈片
6. 原本可以透過郵件或者備忘錄傳達的任何會議議題
7. 虛偽而冷淡的「你好嗎？」
8. 氣象播報員從一張我們都可以清楚看到的地圖上唸出溫度
9. 將個人悲劇拿來做比較

3月15日
下午11:30

關於外事戰爭退伍軍人協會#2的備註（外事戰爭退伍軍人協會7788分會，米爾福德）（第二次造訪）

1. 確定廚房的門──沒鎖
2. 92名參賽者（比爾正式算過的數字）
3. 參賽金 $75──全都是現金──總金額 $7K
4. 在門口收取現金。同一個密碼箱。在遊戲開始之後，密碼箱被帶到後面的桌子。

5. 出納認得我。該死。

6. 印章讓一切都容易許多。

7. 印章讓墨水很容易就沾在你的衣服上。

想法：

1. 在第一場遊戲開始之前，那個密碼箱會暫時放在前門的那張桌上，只有一個或兩個老頭坐在那裡。很容易就搶到手。

2. 為什麼限制我自己只能做一份工作？

3. 用「工作」這個字，讓我對這件事的感覺好多了。

4. 我不敢相信我對這件事感到很自在。

5. 我需要一個面具。我真蠢。居然今晚才想到這點。滑雪面罩？

6. 除非100%確定我不會被抓，否則我不能這麼做。

7. 我想，要100%確定並不會太難。

8. 在真的經營書店之前，我對經營書店也有同等的信心。

問題：

1. 比爾為什麼喜歡我？

2. 比爾喜歡我。對嗎？

3. 馬克白是在他妻子慫恿他進行謀殺之後，才殺了鄧肯國王。我是一個人獨自承擔這個任務，所以，我是比馬克白好還是壞？

3月16日
上午2:40

關於這個計畫最糟的部分
1. 騙了吉兒
2. 對吉兒保密
3. 因為太緊張而無法睡覺
4. 因為太興奮而無法睡覺

問題
1. 如果你要做一件很了不得的事情，但卻無法告訴任何人，那麼，這麼做是否足以讓你感到滿足？

3月16日
上午8:40

從舊貨拍賣庭院買來的二手物品
紙巾架
iPhone充電線
釣魚竿和釣具箱
小型書架
腳踏車

3月17日
上午6:00

我為什麼討厭聖派翠克節

它只是喝酒的藉口（還有喝醉）

我年輕的時候曾經為了聖派翠克節舉辦大型派對，但現在我已經不辦了

綠色是很蠢的顏色

其他的民族都沒有這種節日（除了義大利人有哥倫布日之外，這也很蠢）

這天是我父親的生日

3月18日
上午11:05

十九歲的艾薩克‧牛頓在就讀劍橋聖三一學院時，列出了他所犯過的五十七項罪

1662年降靈節之前

1. 公開使用（上帝）這個詞
2. 在教堂裡吃蘋果
3. 在主日製作一根羽毛
4. 否認是我做的
5. 在主日做了一個捕鼠器
6. 在主日策劃鐘響

7. 在主日噴水

8. 在星期天晚上做餡餅

9. 主日那天在大木桶裡游泳

10. 在主日把一根針插在約翰‧濟斯的帽子上戲弄他

11. 漫不經心地聆聽和參與許多佈道

12. 無視我母親的要求，沒有到那條街道去

13. 威脅我的史密斯父母說，要把他們和房子一起燒掉

14. 希望某人死掉，並且希望此事真的發生在他身上

15. 打擊很多人

16. 有不潔的思想、言語、行動和夢

17. 偷了愛德華‧史多勒的櫻桃麵包

18. 否認我有偷

19. 雖然我知道有十字弓的存在，但卻對我母親和祖母否認我知道

20. 在心裡想著錢，想要認識歡樂勝過於認識神

21. 一次故態復萌

22. 一次故態復萌

23. 再度違背我在聖餐中更新的誓言

24. 打了我妹妹

25. 搶了我母親放李子和糖的盒子

26. 罵桃樂絲‧羅斯是個不正經的女人

27. 在我生病時暴飲暴食

28. 對我母親發脾氣

29. 對我妹妹發脾氣

30. 和僕人爭吵

31. 我所有的責任都收取佣金

32. 在主日和其他的時候閒談

33. 在心靈上不向你更加靠近

34. 沒有依據我的信仰而生活

35. 不是為了你的本質而愛你

36. 沒有因為你對我們的良善而愛你

37. 不想遵守你的法令

38. 不對你感到嚮往

39. 怕人多過於怕你

40. 使用非法的手段，讓我們脫離苦難

41. 關心世俗的事物勝過上帝

42. 不祈求上帝為我們的誠實努力給予祝福

43. 缺席教堂的活動

44. 打敗亞瑟・史多勒

45. 為了一點小事對克拉克斯老師發火

46. 企圖用一枚黃銅的半克朗行騙

47. 在星期天早上編織一條繩索

48. 在星期天讀基督徒獲勝的歷史

1662年降靈節之後

49. 暴飲暴食

50. 暴飲暴食

51. 用威福德的毛巾，而不用我自己的

52. 在小教堂裡犯下過錯

53. 沒有參加聖瑪莉教堂的佈道（4次）

54. 謊稱有蝨子

55. 拒絕告訴我室友是誰誤認他為酒鬼

56. 忘記禱告3次
57. 在星期六晚上十二點的時候，幫忙佩蒂特製造他的水力計時器

關於牛頓這份清單的備註

- 艾薩克‧牛頓時一個該死的討厭鬼。
- 「打擊很多人」是一個不公平、非特定的詞，尤其是「打敗亞瑟‧史多勒」。
- 「打了我妹妹」和「在星期天晚上做餡餅」不屬於同一類清單。
- 是什麼讓桃樂絲‧羅斯變得「不正經」？還有，不正經是指什麼鬼？
- 「用威福德的毛巾，而沒有用我自己的」是那個清單裡最糟糕的事。十足混蛋的行為。
- 如果你能讓自己遭人遺忘的名字被記錄下來給後世知道的話，也許被艾薩克‧牛頓折磨也算值得（例如桃樂絲‧羅斯、亞瑟‧史多勒）。

3月18日
上午 11:35

史提夫對於牛頓那份清單的想法

- 認為「在主日把一根針插在約翰‧濟斯的帽子上戲弄他」是最惡劣的罪行。「那是連續殺人犯的手法」。
- 「牛頓可能很適合當防守球員。他們都是很糟糕的那種

人。」

- 「打擊很多人並不酷，不過，聽起來也很屬害。」
- 「在主日噴水是我想的那樣嗎？」

3月19日
下午12:50

顧客今天對我所說的最愚蠢的話

「你應該改賣這本書的電影版。它比這本書好多了。」

「你知道花花公子是第一本有點字印刷的男性雜誌嗎？它也是少數幾本有彩色微縮膠片的雜誌之一。所以，你也許可以考慮把它納入你的書店販售。」

「我正在找一本藍色的書。蒂芬妮藍。是關於女人的，我想。我的讀書俱樂部正在讀這本書。它的書評很糟糕。你讀過這本書嗎？」

顧客今天對我所說的最聰明的話

「很難討厭一個手裡拿著一本書的人。」

「我剛在Taco Bell吃午餐，我覺得很棒。我不在乎我丈夫怎麼想，我愛他，不過，他有時候就是可以那麼勢利眼。」

3月19日
下午1:30

產前檢查（20週）

- 不，我們還沒感覺到胎兒在動。
- 所謂的「我們」，我們指的是吉兒。
- 在「不，我們還沒感覺到胎兒在動」以及「那完全正常」之間的停滯時間，真是該死的久。
- 吉兒重了十二磅。醫生說那「還好」，事實上那就代表不太好，我想要因此而宰了他。
- 「有任何的腹脹、氣脹、打嗝、排氣，或胃灼熱嗎？」
- 吉兒告訴每一個醫生和護士——即便是那些沒有幫她做檢查的人——我們不想要知道胎兒的性別。
- 他們一定認為她是個瘋子。
- 我認為她是個瘋子。
- 胎兒的大小是「一根中等大小的香蕉辣椒」。
- 宮底高度是六英寸。

羊膜穿刺術

吉兒決定先不要讓我知道羊膜穿刺術的定義

吉兒把它叫做「羊膜」，彷彿他們已經是老朋友了

吉兒也許認為我知道什麼是羊膜穿刺術

我的想法：「我們為什麼要冒著失去寶寶的風險，來換取無法改變任何事情的資訊？」

我覺得大聲地把這個想法說出來讓吉兒很高興

我沒有說的事情

香蕉辣椒是什麼鬼東西？

「水腫」是因為尿得不夠多引起的嗎？

宮底高度是什麼？

我有宮底高度嗎？

不管宮底高度是什麼，聽起來都很噁心。

真的有父母會為了某些狀況而把他們的小香蕉辣椒流掉嗎，例如可以應對得來的唐氏症？

丹的宇宙法則 +1

去評斷一對父母的生育決定是不對的，不過，在心裡默默評斷他們則相對沒有那麼不對。

3 月 20 日

下午 7:20

今天下午 3:00 之前的顧客人數

2

今天下午 3:00 之後的顧客人數

6

和吉兒的晚餐

- 她現在吃很多。
- 開始幫嬰兒編織一頂帽子。
- 告訴她「我們可以去買一頂就好」不是什麼好主意。
- 「夏洛既聰明又有趣，而且很有才華，不過，她的程度比她同班同學至少落後了兩年。我不知道該怎麼辦。」
- 吉兒至少有兩打夏洛這樣的學生。每年都這樣。
- 她散發著光芒。我發誓，懷孕讓她發光。而且還打嗝打得像她從來都沒有打過嗝一樣。
- 「賈斯伯對我說，你沒有辦法救得了他們全部。那就是賈斯伯為什麼是個豬頭的原因。」
- 我同意。賈斯伯是個豬頭。
- 不過，賈斯伯也沒有錯。
- 保齡球？

建議的嬰兒名字

女孩

克萊拉
卡洛琳娜
凱希蒂
愛麗絲
貝拉

男孩

傑克
布雷迪
查理
班哲明

被否決的名字

布蘭登（我以前的學生）
莫妮卡（吉兒以前的學生）
史黛芬妮（吉兒高中時的朋友兼敵人）
小紅莓（吉兒不喜歡）

鄭重聲明

- 我對那個把她的孩子取名為蘋果的女演員沒有意見。我很喜歡那個名字。
- 我對小紅莓是很認真的。
- 沒有必要去嘲笑一個名字，只因為你從來都沒有聽過。
- 嘲笑別人的想法很不好。
- 要幫一個你從來都沒見過的人選一個永久的名字實在很難。

3月20日
下午9:32

丹的宇宙法則+1

　　某件事是真的並不表示你就可以把它說出來。

3月20日
下午11:45

愚蠢的學校名字

　　東北專業學校

　　西北大學

　　西北專業學校

　　以所在的街道命名的學校名字（基本上是多此一舉）

丹的宇宙法則+N

　　只因為你要取的是一個孩子的名字，並不表示你幫其他東西取名的經驗，就無助於你幫孩子取名。

　　當你企圖要找出聰明的做事方法時，研究愚蠢的做事方法是有幫助的，即便你老婆不認為如此。

3月21日
上午9:15

在我們一生中，唯有在這些情況之下，我們應該要讓別人規定我
們的著裝、卻無須為我們因此所付出的時間支付酬勞

- 當我們還是小孩時
- 陪伴另一半參加工作上的活動時
- 當我們被要求當伴娘、伴郎或扶靈者的時候

3月22日
下午3:16

我感到幸災樂禍的事

1. 看到別人在第一次嘗試並排停車時失敗
2. 即將進行重要的簡報之前或正在進行簡報時，發生了技術
   故障
3. 柯克·卡麥隆的拯救聖誕節成為IMDB有史以來評比最糟
   的電影[38]
4. 吃沙拉的人最終後悔沒有點漢堡
5. 看到高中時的混蛋兼自鳴得意的畢業生代表派頓·索默斯
   在三十八歲的時候居然在炸雞連鎖店裡洗碗

---

[38] 柯克·卡麥隆（Kirk Cameron，1970-），美國演員，因在電視劇成長的煩惱中擔任主
角而一舉成名，也因此獲得兩項金球獎提名。2014年，改編自他的原創故事，並由他
主演的喜劇電影拯救聖誕節（Saving Christmas）受到嚴厲的評論，電影在上映後一個
月內即進入網路電影資料庫（IMDB）的最差100強名單。

6. 不在書店裡買任何東西的人被開了停車罰單

3月23日

上午4:45

但願我年輕時就知道的事

1. 絕對不要害怕和房間裡最漂亮的女孩說話。
2. 永遠都要和房間裡最漂亮的女孩說話。
3. 房間裡最漂亮的女孩未必是最漂亮的人。
4. 不要急著購買你理想的房子。沒有理由要急著一頭栽進這麼大的一筆買賣。珍惜公寓生活的快樂。
5. 經常跳舞。隨著你們兩人都喜愛和討厭的歌曲起舞。只管跳舞就對了。
6. 講道理的人也會有反對的時候。
7. 不要八卦。沒有什麼比八卦讓你看起來更醜陋的。
8. 當你不確定的時候，千萬不要洗女人的任何衣物。
9. 做你現在想做的事情。今天就做。光想而不做，只是在將恐懼偽裝成深思熟慮。
10. 好好活著是最好的報復。如果那不管用的話，就等待時機。你永遠都可以晚一點再毀了你敵人的生活。
11. 當你的老闆和同事相處得非常和諧時，請珍惜你工作的時刻。這樣的時刻不會永遠持續下去。
12. 永遠都假設孩子比你想像的更有能力。
13. 盡你所能地友善對待你朋友的配偶——或者至少讓你自己被對方所喜愛。

14. 自尊心巨大又脆弱的人，是最危險的人。

3月24日
下午9:00

我今天最美好的部分

    1. 今天早上摸了吉兒的孕肚

    2. 收到吉兒的簡訊

    3. 又接到比爾的電話

我今天最糟糕的部分

    1. 6月1日起，房租漲價10%

    2. 又收到一封老爸的來信

    3. 我像一個罪犯般地在書店後面吃了六個小黛比點心蛋糕

    4. 我不會騎該死的腳踏車

吉兒今天發來的簡訊

    我無法相信我們有小孩了

    我不想看懷孕知識百科[39]。讓我們感受驚訝吧。我想那本書可能都在胡扯。好嗎？

    （三顆心的表情符號）

---

[39] 懷孕知識百科（*What to Expect When You're Expecting*）是一本懷孕指南。該書一直位居紐約時報暢銷書榜首，也被今日美國評為過去25年來最具影響力的25本書之一，被譽為美國孕期聖經，並於2012年被改編成電影。

準備好今晚廝混一下吧

寶貝，你能在回家的路上買麵包嗎

我為什麼是個混蛋

- 我不用表情符號，因為我覺得那些符號很蠢。
- 我糾正吉兒簡訊裡的文法和標點符號（只是在我自己的腦子裡糾正）。
- 吉兒在文法和標點符號上的錯誤讓我覺得有點惱火。
- 吉兒簡訊裡的那些錯誤，讓我稍微減少了對她的思念。

問題

- 我們的簡訊會被保存在某個地方嗎？也許我們的孩子將來可以讀得到？
- 父母或孩子會想要留下他們生活裡的那種紀錄嗎？
- 如果那些簡訊會保留給下一代的話，吉兒對自己的文法和標點符號會更小心嗎？

3月25日
上午12:00

不合理的事物

1. 人們擁有漢米爾頓⑩的原聲帶，即便他們從來沒有看過這部歌舞劇。
2. 男廁的小便斗之間有的有隔板，有的沒有。我們要不就保有小弟弟的隱私，要不就不要。

3. 蘇菲長頸鹿[41]

4. 保羅・李維[42]名留後世，但是，在同樣那個晚上做了同一
   件事的傢伙卻被忘記了（我也忘了他的名字）。

在重新看了上述這份清單之後的後續想法

1. 我從來沒有聽過漢米爾頓的原聲帶，不過，我還是認為我
   是對的。

2. 我比較贊成有隔板。我喜歡保有小弟弟的隱私。

3. 他的名字叫做威廉・道斯[43]。

3月26日
上午7:20

沒用的技能

我可以用美國手語拼出字母

我可以靠記憶背出兩打的詩，包括三首法文詩

---

[40] 漢米爾頓（Hamilton）是一部關於美國開國元勳漢米爾頓的歌舞劇。本劇在2015年
2月於外百老匯的公眾劇院首演售罄。劇作在百老匯獲得熱烈好評以及空前的票房紀
錄，獲得葛萊美獎最佳音樂劇專輯及普立茲戲劇獎。

[41] 蘇菲長頸鹿（Sophie la Girafe）是供嬰兒磨牙的橡膠玩具。

[42] 保羅・李維（Paul Revere，1734-1818）是美國波士頓的一名銀匠、實業家，也是美國
獨立戰爭時期的一名愛國者。他最著名的事蹟是在萊辛頓和康科德戰役前夜，警告民
兵英軍即將來襲。美國詩人亨利・朗費羅於1861年發表的詩作〈李維夜奔〉，對此事
件進行了戲劇化的詮釋。

[43] 威廉・道斯（William Dawes Jr.）是一名美國士兵，是1775年4月美國獨立戰爭爆發之
初，在萊辛頓和康科德戰役的前夜，向麻州民兵警告英軍即將來襲的幾個人之一。

我可以正確說出魔法奇兵前後共七季的主要情節

我可以只用肥皂刮鬍子，不需要鏡子

比較不那麼沒用的技能

在三十秒內睡著

我幾乎可以在任何地點、以任何姿勢睡覺

我可以屏氣很長一段時間

我的嗅覺很不靈敏（因此，很少被臭味所困）

我可以忍氣吞聲

喪失的技能

騎腳踏車的時候站在座墊上

3月27日
下午12:30

我欣賞的人

擁有博士學位卻不需要、甚至不要求把博士冠在頭銜上的人

非專業技師卻能掀起車子的引擎蓋，並且判斷哪裡有問題的

人

讀書速度很快的人

不會假裝自己不看色情片的成人

能記住名字的人

參加壘球聯賽的人

史提夫

任何可以走進家得寶❹，並且不需要協助就能購物的人

能把所有東西都打包進一只隨身行李袋的旅者

吉兒

我欣賞但卻絕對不會承認的人

傑克

水門案件之前的尼克森

我們的辦公室電視影集裡那個寫了一本都是故事的書和一本
超屌童書的傢伙

3月28日
下午10:20

和老媽的晚餐

對於我們在等了三個月之後，才把懷孕的事情告訴她感到很
生氣

只對我生氣

「點義大利餃子，可惡。真是太棒了。你不信任我嗎？」

喜歡以難唸的子音作為開頭的嬰兒名

寫了一篇世界上需要更多默劇的社論（不是在開玩笑）

好像主動說要幫我們買一張嬰兒床（我覺得如此）

---

❹ 家得寶（Home Depot）成立於1978年，是全球最大的家具建材零售商，美國第二大零
售商。

「我在地下室裡儲藏了很多東西，就是為了這一天的到來，不過，我把大部分都給了你弟弟。」

「我希望你們有生產計畫。」

3月29日
下午11:50

吉兒的朋友溫蒂四十歲生日派對的問題

- 人們談論酒就像那是個有趣的話題一樣
- 我無法從一個已經變得無趣的一對一對話中抽身出來
- 體育話題
- 只因為我是個男人，就假設我可以聊體育話題
- 其他人無視於現場演出的音樂家，甚至連他們已經唱完其中一首歌曲都沒有察覺到，這顯然讓我產生無謂的罪惡感
- 在蠟燭被吹熄之後反覆大喊「致詞！致詞！致詞！」的人
- 吉兒把我留在我幾乎不認識的人群當中
- 以上這些感覺讓我覺得自己像個笨蛋

問題

當人們在蠟燭被吹熄之後大喊「致詞！致詞！致詞！」時，他們真的想聽當事人發表感想嗎？他們一直很渴望要聽到生日男主角或女主角要說什麼嗎？他們等不及要聽到尷尬的感謝詞和激動人心的感性演說嗎？或者那只是他們從電影上看來、然後複製在現實生活裡的無聊行為而已？

3月30日
下午5:30

史提夫在盤點庫存時說的話

- 「真令人佩服。你開了一家書店，而且還可以從中獲利。」
- 「比利奇克是個怪物。」
- 「我正在尋找機會。尋找一個方法，去做你在這裡做到的事。創立些什麼。成就點什麼。感謝上帝，我有個明理的老婆。」
- 「每次我幫我兒子擦屁股時，我都無法相信我老爸也幫我做過同樣的事。」
- 「我永遠也無法理解，當這個真實的世界有那麼多事情在發生時，人們卻寧願選擇看小說。」
- 「也許他沒有。也許擦屁股的人是我媽媽。」

谷歌得到的答案

比利奇克：足球教練

4月

4月1日

上午6:45

財務狀況

存款：2,117

收入

新篇章的收入：1,322

吉兒的收入：2,900

支出

房貸：2,206

Toyota：276

Honda：318

汽車保險：175

助學貸款：395

有線電視和網路：215

電費：98

加油：0

電話：180

瓦斯：100（大約）

4月1日
下午12:15

如果我統治世界的話，我會立刻實施的九條法律

1. 在路中間並排開車並且把車窗降下來聊天的駕駛人（因而擋住了頭腦正常的人的去路），他們的駕照將會被撤銷至少五年。

2. 如果一棟公共建築物有兩扇或更多的外部門，所有這些門都應該隨時可以進入，並且保持開放。如果一名顧客在進門時期待門會打開，但是卻發現門鎖住了，這家被質疑的企業應該要付給這名顧客$50,000。如果該名顧客在進門的過程中撞到了他或她的頭（這種事我就發生過好幾次），該家企業的擁有權將會被立刻轉移給這名流鼻血的顧客。

3. 穿著一件褲子屁股上有品牌名稱或者任何文字組合的人，都將被要求在他或她的餘生裡，必須要一直坐在椅子上。

4. 特此禁止向一個購買車子的朋友道賀，如果那個朋友超過十八歲的話。當購買汽車變成值得恭喜的事情時，人生的優先順序必須要立刻被重新檢驗。

5. 當一個人去健身房的時候，應該要把車開到一個空著的停車位，然後立刻把車停進去。不准再有開著小貨車（向來都是小貨車）的神經病佔據中間通道、閃著方向燈，等著把車停到距離門口十呎的最佳停車位。

6. 不准再說任何衣物是「好玩的」。那聽起來太可笑了。

7. 如果你的社群媒體貼文有超過一半都和你最近的健身或營養計畫有關的話，你就會被禁止使用Google+至少一年。

8. 即刻起禁止自拍棒。未來的人類學家可能會根據諸如鑽石求千金❶、史蒂芬・席格，以及在夏天戴著鬆垮冬帽的痞子，來評斷我們的社會。這原本就已經夠糟的了。我們不能允許自拍棒也被用來定義我們。

9. 在雜貨店使用支票付款的人必須被強制去上關於安全、有效使用借記卡和信用卡的課程，才能吃他們從雜貨店購買的任何東西。

4月1日
下午5:00

洗手間旁邊的潘納拉布告欄上的東西

塞奇威克中學製作的阿拉丁

Playhouse on Park 劇場週五晚上的開麥夜

漁夫硬木地板的名片

在美國革命女兒會❷舉辦的賓果遊戲

兩個想法

美國革命女兒會有賓果之夜。

布告欄上的名片真的能帶來生意嗎？

---

❶ 鑽石求千金（The Bachelor）是2002年起開播的一檔美國電視實境秀的約會遊戲節目。

❷ 美國革命女兒會（Daughters of the American Revolution）成立於1890年，該組織的成員僅限於美國革命愛國者的直系女性後代，是一個非營利性組織，旨在促進教育和愛國主義。

4月2日
上午9:20

新篇章的四月精選

　　派崔夏・威廉姆斯的兔子：派特女士的自傳❸

　　約翰・霍奇曼的度假勝地❹

　　喬治・歐威爾的1984和史蒂芬・金的死亡禁地❺（這兩本的組合似乎很適合）

　　珍妮佛・伊根的曼哈頓海灘❻（還沒看過，不過我覺得這本書很棒）

　　喬治・桑德斯的林肯在中陰❼

4月2日
下午12:10

十一件惹惱我的事情

　　1. 住在城郊卻自稱是該城市居民的人

　　2. 不明白紅燈不准右轉真正的意思是在行使你對紅燈完全合法的權利之前要小心的駕駛人

　　3. 不停地討論關於身體微恙和／或生病

　　4. 一個字一個字地複述對話內容，然而那些對話只有在不逐字逐句複述時才顯得有趣

　　5. 當一個人死的時候，大量貯存的記憶都永遠隨之消逝

　　6. 「讓人質疑」這個詞幾乎普遍地被錯誤使用

　　7. 紐約人用「on line」取代「in line」的說法

8. 有些紐約人會用「on line」的說法，而非「in line」，並且對此感到（而且還公開表達他們的感覺）奇怪的驕傲

9. 關於特定人物、並且以該人物為名的歌曲（艾爾頓‧強的〈Danile〉，旅行者合唱團的〈Amanda〉，艾瑞克‧克萊普頓的〈Layla〉）

10. 在冬天和春天（解鎖）之間的那些泥濘、寒冷的棕色日子

11. 幾乎每一個曾經被提出來的修辭問題

4月2日
下午2:14

美國革命女兒會的傳單
　　每個月第三個星期五

---

❸ 兔子：派特女士的自傳（*Rabbit: The Autobiography of Ms‧Pat*）出版於2017年，是美國脫口秀喜劇演員和女演員派崔夏‧威廉姆斯（Patricia Williams，1972-）的一部詼諧自傳，描述她動盪的成長經歷。本書於2018年入圍南方圖書傳記和歷史獎，以及全國有色人種協進會傑出文學形象獎。

❹ 度假勝地（*Vacationland: True Stories from Painful Beaches*）是美國作家暨演員約翰‧霍奇曼（John Hodgman，1971-）於2017年出版的作品，本書是霍奇曼生活經歷的現實生活流浪合輯。該書入選為2017年亞馬遜最佳圖書，並於2018年入圍美國幽默瑟伯獎。

❺ 死亡禁地（*The Dead Zone*）是史蒂芬‧金於1979年出版的科幻驚悚小說，並於1983年被改編成同名電影。

❻ 曼哈頓海灘（*Manhattan Beach*）是美國小說家珍妮佛‧伊根（Jennifer Egan，1962-）出版於2017年的一部歷史小說，該小說在2017年入圍全國圖書獎，並於2018年獲得安德魯卡內基獎。

❼ 林肯在中陰（*Lincoln in the Bardo*）出版於2017年，是美國小說家和散文家喬治‧桑德斯（George Saunders，1958-）的長篇實驗小說，講述林肯總統在兒子去世期間和之後的悲痛，本書於2017年獲得了布克獎，許多出版社將之列為十年來最好的小說之一。

下午 7:00

入場費 $10 ／參賽金 $100

西哈特福德市政廳

傳單上沒有列出的訊息

　　幾個參賽者？

　　只收現金？

　　只限女士？

　　只有美國革命女兒會的女兒們可以參加？

電話計畫

　　代表我老媽打電話去

　　對外開放的嗎？

　　她需要帶現金去嗎？

　　我可以帶我母親去嗎？

4月2日

下午9:22

解決方案

　　逃走：腳踏車

　　身分：滑雪面罩

　　地點：美國革命女兒會

還沒解決的問題
　　槍

槍
　　我不喜歡槍

　　我從來都沒有槍

　　我不想要有槍

　　我不知道怎麼買槍

　　我不知道如何幫一支槍上膛

　　我不想用槍

　　我不想用槍嚇任何人

　　我不想要因為用槍而嚇到我自己

新問題
- 沒有武器，你要如何讓別人把他們的錢交給你？
- 這為什麼不能更像電影瞞天過海❽？我想，電影裡那些人全都沒有用槍。

丹的宇宙法則 +1
　　和十幾個全世界最厲害的詐騙犯一起搶劫一間賭場一點都不勇敢，甚至算不得冒險。奧申唯一的夥伴❾……現在這會變成一部電影了。

---

❽ 瞞天過海（Ocean's Eleven）是一部2001年上映的電影，由史蒂芬・史匹柏導演，喬治・庫隆尼、布萊德・彼特、麥特・戴蒙、茱莉亞・羅勃茲等大牌明星主演。

❾ 奧申唯一的夥伴（Ocean's One）這個虛構的片名意在對比瞞天過海裡，主角奧申有11名同夥的差異。

4月3日
上午2:20

當我應該要睡覺時，卻在YouTube上得知了關於章魚的驚人事實

牠們有三顆心臟。

牠們是唯一能使用工具的無脊椎動物。

牠們可以在不到一秒之內就改變自己的顏色。

牠們可以打開防止小孩開啟的藥罐。

「章魚」的複數形式有三種：「章魚們」、「章魚家族」、「很多章魚」。

牠們沒有中央化的大腦。

「我做不到的事情」+N

我不擅長使用工具。

我很不善於打開防止兒童開啟的藥罐。

丹的宇宙法則+1

章魚永遠都比我厲害。不管我在這個世界上做了什麼，我都是一個人類，不僅擁有拇指和一顆巨大的大腦，口袋裡還裝著人類存在數世紀以來所累積的集體知識。基於我的這種優勢，我所做的每一件事，都比不上章魚把防止兒童開啟的藥罐打開那麼神奇。

4月3日
上午4:15

嚴重的音樂錯誤

　　我以為〈在木板路下〉[10]原本是被收錄在布魯斯‧威利的專輯布魯諾歸來[11]裡。

　　我告訴吉兒，肉卷是我最喜歡的音樂家之一。

　　我以為〈（坐在）海灣碼頭〉[12]是麥可‧波頓的原創。

　　我在三年級的時候選了長笛。

　　我在九〇年代中參加了一場Creed[13]的演唱會。

4月3日
上午9:45

比爾發來的簡訊

　　你們會生男孩還是女孩？

　　我想要送你一個禮物，笨蛋。

---

[10] 在木板路下（Under the Boardwalk）是漂流者樂團（The Drifter）於1964年錄製的流行歌曲。這首歌後來被很多藝術家翻唱，包括滾石樂團、海灘男孩、布魯斯‧威利等。

[11] 布魯諾歸來（The Return of Bruno）是布魯斯‧威利在1987年發行的首張專輯，曲風結合了布魯斯、藍調和靈魂樂。

[12] （坐在）海灣碼頭（Sittin' On）The Dock of the Bay）是靈魂歌手奧帝斯‧雷丁（Otis Redding，1941-1967）和吉他手史提夫‧克羅伯（Steve Cropper，1941-）共同創作的歌曲。

[13] 信條（Creed）是成立於1994年的美國搖滾樂團，為90年代末和2000年代初商業上最成功的樂團之一。

真令我佩服。

現在，大部分人都沒辦法延遲享樂，連一秒鐘都不行。

如果你要開那種該死的派對，用粉紅或藍色來公布性別的話，我會直接朝你的臉痛揍一拳。

大部分的驚喜都讓你心痛。

4月3日
下午7:18

今天的數字

$163的銷售額

至少是薪資支付金額的兩倍

1張停車罰單（吉兒的）

2名顧客的抱怨

吉兒打了14個嗝（我聽到的）

2個小黛比點心蛋糕

1坨嘔吐物（一個幼童吐的）

新的1籃衣服（累計3籃）

2顆敏感的乳房

抱怨

「如果你裝烘手機的話，每次我使用你的洗手間時，就不用盯著那個請勿把衛生紙扔進馬桶沖掉的標示。那讓我對人性感到悲哀。」

金伯莉對一名因為下訂的書還沒有到而沮喪的顧客說：「聽

我說，先生。你今天過得不順利，並不表示你就該毀了我的一天。」

丹的宇宙法則 +1

　　如果一個人就站在你的三呎之外，並且正在盯著你看時，絕對沒有必要叫那個人聽你說話。

4月3日
下午 11:55

男子氣概的守則

- 不要再說你念的是哪一所大學。
- 你會後悔你刺青的圖案。
- 當你猶豫時，親吻那個女孩總是不會有錯。
- 你只能向DJ點一首歌。
- 只要把你自己和以前的你相比就好。
- 報復是憤怒的絕佳良藥。
- 沒有人在乎你是否被冒犯了，所以，不要再這麼做了。
- 看更多的書。那讓你可以借用別人的大腦，也讓你在一場晚餐派對上變得更有趣。

4月4日
下午12:20

我所做的怪事

　　我在登機時不會看著飛行員，因為我害怕他會讓我想起某個我認識的蠢蛋。

　　我向來都會收下發傳單的人遞給我的傳單，因為我喜歡這麼想：如果我收下來的話，他們就可以早點結束，然後早點回家，即便真相可能不是那樣。

　　我會和家蠅講話。我警告牠們說，牠們在這個世界上只有三天。在牠們死之前只有三天。我警告牠們說，牠們需要充分利用這短暫的時光。我再三強調了這點。

　　當我不確定要如何回覆一則簡訊時，我的拇指就會在電話上微微抖動，彷彿在跳舞一樣。

　　當我一個人開車時，我會把車窗降下來，開暖氣還是冷氣視季節而定，並且把音響開到最大。大聲到足以引來路人側目。

　　當我發現自己在一座牆邊時，我會伸出手去摸磚塊，因為我知道曾經有一名砌磚工把這塊磚頭、以及旁邊所有其他的磚頭堆砌成了這座牆。

　　我刻意試著在每一條走廊上擷取捷徑，以縮短兩點之間的距離，也許也可以藉此而重新捕獲一點點失去的時間。

　　我會把一分錢硬幣的正面朝上，因為一般都迷信說，看到一分錢的正面代表著好運，而且／或者能讓你許願。

我絕對不會做的事

　　自稱自己老了，或者開那種「我理論上已經老了」的笑話，因為說自己老就是變老的第一步。

　　在出席一個需要剪髮才能參加的活動當天去剪頭髮。

　　在克萊倫斯死後再養一隻狗。

　　跳傘。

　　在一家餐廳點菜的時候說：「我要點那道雞肉瑪薩拉。」

　　開始用護手霜（這種東西是天大的騙局）。

關於跳傘的事實

　　跳傘比開車安全，不過，你在發生車禍時通常不會覺得死期將至，不像發生跳傘意外那樣，這就造成了兩者之間很大的區別。

　　我勉強答應吉兒說我絕對不會跳傘。

　　我從來都不想嘗試跳傘，但是我假裝答應吉兒的折衷方案，希望這也許會讓我看起來很勇敢。

　　史上最年輕的跳傘者只有四歲，但是那並不表示他很勇敢。他只是有一對很愚蠢的父母而已。

4月5日
下午 11:10

美國革命女兒會賓果遊戲（西哈特福德市政廳，西哈特福德主街）的備註

1. 不准抽菸。萬歲！
2. 有多個出口可以通到外面和市政廳內部
   a. 兩扇對開門通往市政廳內部
   b. 一扇對開門通往外面
   c. 兩扇單開門通往樓梯間，可以前往二樓環繞式的陽台
   d. 舞台上有一扇門，在布幕後面，通往市政廳內部
3. 西哈特福德市中心就在外面
   a. 商店
   b. 民眾
   c. 電影院
   d. 圖書館
   e. 停車庫
   f. 該死的停車計時器
4. 參賽者人數200+
   a. 女人
   b. 兩個男人
   c. 平均年齡：60？（女人的年齡很難判斷）
5. 入場費$10／參賽金$100——全都是現金——總金額$20K
6. 開放式酒吧
7. 錢被放在舞台上一個沒有鎖？的密碼箱裡
   a. 三個女人（中年或者更老一點）坐在舞台左邊一張放密

碼箱的桌子後面

    b. 兩個女人（中年）坐在舞台中央，宣讀號碼

8. 美國革命女兒會是基於譜系血統的組織，這讓它具有排他性、精英主義、勢利的特性，而這些特性也讓選中它作為下手目標的感覺好一點

問題

1. 我可以消失在街上的人群裡嗎？

    a. 如果可以的話，我要把錢藏在哪裡？

2. 我可以消失在市政廳裡，然後從其中一扇外部的門逃出去嗎？

3. 市政廳有哪些地方設有警報系統？

4. 市政廳在下班後有警衛嗎？

想法

1. 這可能行得通。

2. 我這輩子從來沒有這麼害怕過。

3. 我這輩子從來沒有這麼興奮過。

真相？

我是一個很普通的老師。也許也是一個很普通的丈夫。一個很糟糕的書店老闆。一個嫉妒心很重的哥哥。最糟糕的兒子。也許這是一件我可以做得好的事。

我正在做一件彼得永遠也做不到的事。

我正在做一件了不得的事。

我覺得自己不同凡響。

也許，我看了太多搶劫的電影。

勇敢的感覺真好。

4月6日
上午3:13

強納森・斯威夫特®在32歲的時候，寫了這份建議給未來的自己

等我變老時。1699。

不要娶年輕的女人。

不要與年輕人為伍，除非他們真的想要和我相處。

不要脾氣暴躁或憂鬱，或者多疑。

不要對彼時的方式、智慧、時尚、人們，或者戰爭等等感到不屑。

不要喜歡小孩，或者幾乎不要讓他們靠近我。

不要對同樣的人一再重複地講述相同的故事。

不要貪婪。

不要因為擔心變得令人討厭而忽視體面和清潔。

不要對年輕人過度嚴格，要包容他們年輕的愚蠢和不足。

不要受不老實的僕人或他人所影響，也不要聽信他們搬弄是非。

不要隨便給人建議，也不要擔心別人，除了那些想要建議的人。

渴望有好朋友提醒我，我違反或忽略了以上哪些事項，或者正處於那樣的狀況之中；然後適度地改進。

不要多話，也不要太常談及自己。

不要吹噓我過去的美貌、優點，或者受到女士青睞等等。

不要聽信奉承，也不要想像年輕女子會喜歡我，還有那些想要遺產的人，要討厭並且避開這樣的人。

不要過於樂觀或固執己見。

不要因為害怕自己什麼都沒有做到，就強制自己要遵守所有的這些原則。

給未來的我的建議

給你的孩子空間，讓他們可以閃耀

一天之內不要抱怨同樣的病症超過一次

提供的建議每則不要超過三十秒或者更短

不要碎碎唸

千萬記住，年老並不代表你就可以是個混蛋

去發現你的孩子能讓你引以為傲的作為，即便他們的成就似乎微不足道

善待櫃檯工作人員

不要對孩子偏心

不要干涉你孩子的交往和選擇配偶的決定

不要害怕承認自己耳背

不要終止性生活

盡可能幫忙帶孫子

每一天都要出門

不要在科技上落伍

---

❹ 強納森‧斯威夫特（Jonathan Swift，1667-1745）是英國／愛爾蘭諷刺文學大師，最有名的著作包括格列佛遊記和一只桶的故事。

不要看重播

持續尋找對你來說新鮮的音樂

竭盡所能和比你年輕的人混在一起

比你的老婆和小孩先離開人世

使用扶手

4月7日
下午5:00

今天有人在書店裡說的蠢話

（無意中聽到的）「你應該把錢改花在穿乳環上面。」

「你們的書全都是紀實類的嗎？」

「你知道好市多賣的書比你便宜嗎？」

（電話）「你們有賣可以讀的書嗎？」

（史提夫無意中聽到的）「等一下！我要和這個自拍一下，因為這個封面上的傢伙看起來像戈登‧萊特福特⑮。」

（問莎朗的問題）「你們有沒有頑童歷險記⑯最簡短的版本？」

丹的宇宙法則＋1

你每拍十張自拍，就應該被要求要讀一本書。

4月8日
下午5:00

二樓	福斯金龜車（黃色，電梯）
三樓	雪佛蘭Corvette（在車罩底下）
	速霸陸Outback（綠色）
四樓	現代Tucson

4月8日
下午8:35

假槍的備註事項

即便用一把假槍，你也會因為持械搶劫而被定罪。

在法律眼中，一把沒有上膛的真槍和一把塑膠假槍基本上是一樣的。

把一根手指放在T恤底下假裝是一把槍，和使用一把上膛的真槍是一樣的。

假炸彈和假槍是一樣的，甚至可能更糟（涉及恐怖主義）。

丹的宇宙法則+1

法律眼中沒有假槍。

---

❺ 戈登‧萊特福特（Gordon Lightfoot，1938-2023）是加拿大唱作人，在民謠、民謠搖滾和鄉村音樂領域上獲得了國際性的成功，被認為是加拿大最傑出的歌曲創作者。

❻ 頑童歷險記（*Huckleberry Finn*）是美國作家馬克‧吐溫的兒童文學作品，為美國文學史上的重要之作。

4月9日
下午11:20

我討厭的三種人

1. 抱怨的人：在重要的問題上有意見並沒有錯，然而，如果你是一個幾乎每天都找事情抱怨的人，或者同時間對好幾件事情發牢騷，那麼，問題並不在於這個世界。而在於你。我們所有人都會因此而討厭你。

2. 是啊，可是：類似抱怨的人，這種人明知問題可能有可行的解決方法，但卻拒絕接受，同時想方設法繼續抱怨原本的問題。這種人對於問題樂在其中，並且認為簡單的解決方法令人討厭。

3. 小題大作的人：這種人也許對個人、組織，以及其他機構有一些合理的問題，然而，他們並沒有採取慎重、有效、客氣的態度去接觸對方，反而以讓他們身邊所有的人都不自在的方式，把他們的問題公開或半公開地公布出來，並且對這種行為引以為傲且樂此不疲。這些人總是把別人往壞的一面想，並且動輒就威脅說要控告別人。

金伯莉最大的問題

她集以上三種人於一身。

4月10日
上午11:45

產前檢查#3

　　候診室裡的媽媽告訴過動的幼兒「滾一邊去」。

　　同樣的那個媽媽對吉兒說，她的上半身「很有趣」。

　　我已經愛上了我的小孩，我也知道我的孩子即將到來，然而，這似乎依然不真實。我不敢相信在吉兒身體裡成長的這個東西，有朝一日會開車，也會吃中國食物。

　　尿尿、性行為、月經和嬰兒全都發生在女人身體的同一個基本範圍裡，這讓你很懷疑該死的自然界（進化）在想什麼。

　　「寶寶看起來很好。」這也許是有史以來最棒的一句話。

　　我還是有點在意診所裡有男性的婦產科醫生。怎麼會有這種事？

　　醫生辦公室需要掛衣鉤和Wi-Fi。

在我想像中，一名男性婦產科醫生會對他的人生選擇所做出的辯護

　　「從小，我就一直想要做和陰道有關的事。那是我的使命。」

　　「女性的形體讓我很著迷。」

　　「那只不過就是陰道。和手肘或耳鼓沒有什麼不同，真的。」

　　「那又不是我老婆的陰道。我在工作的時候，不會對陰道產生情感上的依戀。」

　　「總有人得要檢查陰道。我想，『捨我其誰？』對吧？」

　　「我告訴我媽媽說我是小兒科醫生。那樣比較簡單。」

未來的計畫

　　想辦法在這個月對某人說「滾一邊去」。

4月10日
下午7:33

父母對孩子所做的最可鄙的事

　　把長得一樣的雙胞胎打扮得一模一樣

　　透過所謂的父母式防護膠囊，以及打造有助於孩子在起跑點上就高人一等的玻璃地板，來排除孩子生命中的風險和危機，包括念私立學校、家族企業和財務援助，來消除失敗的可能性

　　用遛狗繩套住孩子（字面上的意思）

　　對一個孩子說「滾一邊去」（不過，這也可能很有意思）

　　當孩子沒有要求時，卻堅持要「幫忙」孩子做學校的作業

　　過度介入孩子在服裝上的決定

　　沒有在孩子幼小時的每一天都唸故事給他／她聽

　　在孩子長大成人之後，完全讓孩子決定是否繼續和父母保持聯絡

4月11日
上午5:40

扯淡的東西

　　浴袍

四季豆砂鍋菜

吉兒自訂的規則：「最後一個起床的人要鋪床」

五朔節花柱[17]

餐廳洗手間裡的藝術品

抱枕

4月11日
上午9:30

午餐時想問、但實際上沒有問的問題

我應該怎麼辦？基本上，我是指關於所有的事？

你為什麼總是能把事情做對？

你可以救我嗎？

4月11日
下午11:45

和蘇利文先生的午餐

- 他沒有變老。
- 即便是到餐館，他也依然穿著一件手肘有補丁的外套。

---

[17] 五朔節是歐洲傳統的民間節日。每年5月1日，人們會歡慶寒冬過去、春天來臨。五朔節最主要的傳統活動是圍繞著用花圈、彩旗和彩帶裝飾的五朔節花柱跳祭祀舞蹈，祈求五穀豐收、子孫繁衍。

- 我已經是一個大人了，不過，某程度上，他依然是我的高中英文老師。
- 「我認為，如果你打算辭去教職的話，開書店是一個很高尚的選擇。」
- 當我告訴他，我決定成為一名老師是因為他的關係時，他並沒有哭，不過，他也沒有沒哭。
- 結婚三十二年。
- 六個孩子。
- 為什麼餐廳總是突然擅自在我的盤子上放醃黃瓜？他們不知道這些有害的醃黃瓜汁會對一切造成污染嗎？
- 「我聽說現在要靠書店賺錢很困難。你一定做對了某些事。」
- 即便已經是個混蛋大人了，讓你的高中英文老師失望依然很讓人難過。
- 他吃完第一個起司漢堡之後，又點了第二個。就像要求續杯那麼自然。我真是無法相信。
- 「只差幾年你就可以領到退休金了，真可惜。即便20%也很不錯。」
- 「說真的，第三個之後就無所謂了。聽起來很瘋狂，不過，六個孩子基本上和三個沒什麼兩樣。」
- 「你只是盡一切能力來讓你的家庭幸福和安全。就這麼簡單。」
- 「你永遠都可以回去教書，丹尼爾。永遠都有需要學習的孩子。」
- 堅持要買單。

問題

1. 在我開書店之前，為什麼我沒有聽說現在要靠書店賺錢很困難？
2. 我有退休金？
3. 休閒外套袖子上的補丁有什麼作用？
4. 我不知道我以前教過的學生是否有人有朝一日會邀請我共進午餐。
5. 為什麼我以為不用實際開口問，我那些最重要的問題就可以得到答案？
6. 我將來是否能做得到毫不在意地點第二個起司漢堡？

4月12日
上午6:05

我是在什麼情況下知道吉兒和我是天生的一對

我們吃熱狗都不加醬料。

我們都認為搗蛋鬼對一個電視角色而言是最愚蠢的名字，因為這個角色的主要功能就是

從主角愛探險的朵拉身上偷取東西[18]。

我們都不相信牽手時要十指緊扣那一套。

---

[18] 愛探險的朵拉（Dora the Explorer）是2000年推出的一部風靡全球的美國學齡前動畫片。7歲的主角朵拉和小猴子布茲在每一集裡都會探險前往目的地，他們需要克服路途中的種種難關，才能順利到達目的地，包括避免被一隻名叫搗蛋鬼（Swiper）的狐狸偷走身上的物品。

我們都可以用白話英文解釋網路中立性、信用違約交換和大亨小傳⑩裡的象徵主義。

我不敢問的問題

彼得都是怎麼吃熱狗的？

吉兒避免在我們牽手時十指緊扣，因為那是她和彼得牽手的方式嗎？

彼得和吉兒是怎麼知道他們是天造地設的一對？

4月12日
下午 8:45

今晚和吉兒吵架的原因

我告訴她說，烤砂鍋是一道難吃的菜，猶太人之所以喜歡它，只是因為他們被灌輸要喜歡它，如果它客觀上真的是一道美味的食物，那麼，餐廳就會推出這道菜。

我告訴她，當她的父母來看寶寶的時候，也許他們應該要住在旅館裡。

我提議說，任何人要抱我們的寶寶，都需要先承認氣候變化是真有其事。

在她沒有立刻清洗碗盤時，我挑釁地洗了碗盤。

荷爾蒙

4月13日
上午 5:20

關於胎動的事實

它動了。

我看到它在動。

我感覺到它在動。

在我有生之年，我都不會忘記。

4月14日
上午 5:45

在我看到和感覺到胎動之後，關於我的事實

除非我看到孩子存在的證據，否則，對我來說，孩子還沒有開始存在。

直到我意識到孩子在我的腦海中存在的時候，我才知道我之前並未意識到孩子的存在。

相信我的孩子存在，讓我感到一種新的快樂。

相信我的孩子存在，讓我感到一種新的恐懼。

---

⑲ 大亨小傳（*The Great Gatsby*）出版於1925年，是美國作家史考特‧費茲傑羅（Scout Fitzgerald，1896-1940）所寫的一部長篇小說。故事以1920年代的紐約市及長島為背景，描述當時的美國人在歌舞昇平中空虛、享樂、矛盾的精神與思想，探討了墮落、理想主義、社會劇變等現象，堪稱是美國社會縮影的經典代表，被普遍認為是對美國夢的驚醒，也被視為美國文學「爵士時代」的象徵。本書也在2013年改編成電影。

4月14日
下午 7:50

我所做過最好的決定

遠離社群媒體

不碰毒品

很早就不再使用Internet Explorer，轉而選擇其他的瀏覽器

在那場教職員會議裡坐在吉兒的旁邊

在Tom Petty[20]和Prince[21]去世之前，在演唱會裡看到他們

沒有用那個愚蠢的飛機橫幅向吉兒求婚

雇用史提夫

4月15日
上午 1:30

在我看到和感覺到胎動之前，更多關於我的事實

我無法睡覺。

我的孩子值得擁有更好的。

我的孩子是真的存在。不是理論上的存在，而是真的在動。

我覺得我再也不能這樣下去了。

我不能冒險讓這個孩子沒有像我這樣的父親。

我不能再這麼自私和愚蠢了。

也許，當個父親就夠了。

我會找出別的方法。

丹的宇宙法則 +1

　　孩子讓男人想要成為更好的人。

4月15日
上午9:00

新的解決方案

　　告訴吉兒。

　　關閉書店，找一份工作。

　　向老媽求助。

　　向傑克和蘇菲亞求助。

新的解決方案會引發的問題

告訴吉兒：

- 並沒有真的解決問題
- 讓我感到可悲和軟弱
- 她自己要面對的已經夠多了
- 彼得從來不會對她說謊
- 我已經撒了這麼久的謊了
- 我可能會失去她

---

❷⓪ 湯姆‧佩蒂（Tom Petty，1950-2017）是美國搖滾巨星、老牌搖滾樂團傷心人樂團
　　（The Heartbreaker）的主唱。

❷① 普林斯‧羅傑‧尼爾森（Prince Rogers Nelson，1958-2016），藝名王子，是一位音樂
　　家、創作歌手、作曲家、音樂製作人、演員，為美國1980年代流行樂代表人物之一，
　　也被視為上世紀末唯一可以跟麥可‧傑克森競爭流行樂之王的傳奇音樂人。

關閉書店，找一份工作

- 書店還是有賺一點點錢，所以，它也不算完全失敗
- 現在關掉書店所需的花費，會比所能節省下來的費用更高（短期內）
- 我已經撒了這麼久的謊了
- 我可能會失去她

向老媽求助

- 我的耳根將永遠無法清靜
- 她也許沒有足夠的錢可以救我
- 不是一個長久之計
- 她會告訴傑克
- 她可能會告訴吉兒
- 我可能會失去她

向傑克和蘇菲亞求助

- 我的耳根將永遠無法清靜。
- 他們會告訴老媽。
- 他們可能會告訴吉兒。
- 不是一個長久之計
- 實際上，我無法開口向傑克求助。

4月16日
下午2:50

為什麼金伯莉不能當我的副理

我負擔不起一名副理。

她要求要當副理。

她要求了不止一次。

她認為我們需要每個月都召開員工會議和評估工作表現。

她認為大衛・塞德瑞斯[22]是一個「沒有幽默感的傻瓜」。

為了無聊的問題,她一天之內已經打了九次電話給我。

珍妮會辭職。

珍妮在辭職前會朝我的臉痛揍一拳。

史提夫會更瞧不起我。

那會讓炒掉她變得更困難。

4月16日
下午4:52

新的解決方案

賣掉書店

把史提夫升任為經理,然後找一份全職的工作

---

[22] 大衛・賽德瑞斯(David Raymond Sedaris,1956-)是美國幽默作家、喜劇演員、作家和廣播撰稿人。

新的解決方案會引發的問題

賣掉書店

- 沒有人會買下來
- 就算我找到買家，也要花上好幾個月的時間
- 我的盈虧只能勉強相抵

    把史提夫升任為經理，然後找一份全職的工作

- 史提夫也許不想要這份工作
- 我無法付給史提夫足夠的薪水，好讓他覺得他的付出是值得的
- 我唯一適任的工作是教書，但現在是學年中了

問題

「他的付出是值得的」是什麼意思？史提夫的「付出」是什麼？

答案

喔，是指時間。付出他的時間。那不值得他付出時間。噴。

4月16日
下午8:35

唯有這樣的時候，你才可以留下語音留言

有人突然死了

你剛贏得樂透

布魯斯·史普林斯汀想要和你說話

我帶著能夠拯救這個世界的訊息，從未來打電話來

4月17日
下午4:30

史提夫今天說的話

「你父親來過書店了。」

「他說，他是你父親。」

「他想要和你說話。」

「當我說你不在這裡的時候，他表現得好像我在騙他。」

「他買了一張賀卡和一本火星救援，還有一本*Something Missing*[23]。」

「他看起來很緊張。」

「我記得是法蘭絨襯衫。牛仔褲。為什麼？」

「你們會交談嗎？」

「他留了這個給你。」

老爸來書店可能的理由

需要錢

生氣

---

[23] *Something Missing* 是美國小說家、劇作家、部落客、小學老師馬修·迪克斯（Matthew Dicks，1971-）出版於2009年的幽默犯罪小說，講述一個從不犯錯的職業竊賊從強迫症神偷不小心變成了守護天使的故事。

罪惡感

快死了

如果我看到老爸的話，我可能會說的話

「這件法蘭絨襯衫不錯。」

「你為什麼在這裡？」

「不，最後一次是我打給你的。我留了話。你一直沒有回電給我。」

「我想，我們兩個可能都很糟糕。」

「有時候，做蠢事就是比做困難的事要容易。」

「我很抱歉。」

「你覺得抱歉嗎？」

我希望我能對老爸說的話

「我當時還是個孩子。不應該由我來維持一切的完整。你才是應該負責的人。」

「離婚很糟糕，可是，我沒有和你離婚。是媽媽。」

「你知道，當你不確定你父親是否真的愛你時，要打電話給他有多難嗎？」

「為什麼？」

我真心希望能對老爸說的話

「但願我可以再當個小男孩，也但願你可以是我爸爸，因為那份失落將會永遠傷害我。」

4月17日
下午5:15

二樓：　　　　福斯金龜車

三樓：　　　　雪佛蘭Corvette（在車罩底下）

　　　　　　　速霸陸Outback（綠色）

問題

1. 如果我說我不打算那麼做，那我為什麼還在清點停車庫裡的車？

2. 這就是父愛的作用嗎？如果你和胎兒沒有身體上的連結，那麼，胎兒所帶來的光環效應就只是暫時的？

3. 我還是不會那麼做。對嗎？

4月17日
下午11:15

今晚和吉兒吵架的原因

　　她告訴我父親關於這個孩子的事。

　　她告訴我父親關於書店的事（他早就知道了）。

　　她告訴我父親，他應該去看我。

　　她是我父親之所以出現在書店的原因。

　　我永遠也不知道，他是想見我，還是因為覺得有罪惡感才試著去見我。

吉兒打電話給我父親的原因

「你就要變成父親了。」

「夠了就是夠了。」

「男人很愚蠢。」

「那也是我的孩子，而我希望它認識它的祖父。」

「如果他突然死掉，而你因為沒有和他見面而抱憾終生，這種念頭讓我無法忍受。」

「扯淡的東西」+1

「夠了就是夠了」是一個有效論據

4月18日
上午4:30

丹的宇宙法則 +N

想要成為一個更好的人和找出一個方法來成為更好的人，是完全不同的兩件事。

「知道問題是解決問題的第一步」，只有真的已經解決自己問題的人才會說這種話。我敢打賭，很多人都知道自己的問題，卻從未解決，因此，絕對不要說什麼第一步之類的那種蠢話。

4月19日
上午6:40

我打算告訴吉兒關於我這個斷斷續續、再度不確定的計畫，原因是

　　如果我告訴她，我就不能那麼做了。

　　那不能解決問題，不過，我再也不會孤單了。

　　我會想要知道原因。

　　我覺得我會想要知道。

　　吉兒比我聰明，也許她會有解決的辦法。

　　她愛我。我需要相信這點。

　　我無法同時承擔孩子和這個秘密，這兩者太沉重了。我心裡只有容納其中一個的空間。

4月19日
上午9:15

我沒有說的原因

　　吉兒身體不太舒服。

　　我需要有哈利的蘑菇洋蔥披薩和她最愛的冰茶在手。

　　我還是害怕失去她。

　　時機的選擇至關重要。

4月19日
上午9:22

我沒有說的原因追加補充

我想要那麼做，即便我知道我不應該、也不會那麼做。

4月20日
上午2:15

911

1. 不要把吉兒挪下床
2. 完全不要動她
3. 把門廊的燈打開，或者把車庫打開
4. 把前門的鎖打開
5. 把克萊倫斯鎖在浴室裡
6. 清空任何會阻擋到擔架進出的東西
7. 保持冷靜
8. 吉兒。讓吉兒保持冷靜
9. 五分鐘或者更快

不可以

我不能失去他們

4月20日
上午3:10

救護車之行

擁擠

救護車後面沒有真實感。每個人都太過樂觀

說了三次「好的，好的」

試了三次才打成點滴

開得不夠快

4月20日
上午4:50

要做的事

保持冷靜

一切都沒事的

試著和吉兒一樣冷靜

寫下醫生說的每件事（也許錄音？）

打電話給史提夫，讓他代替我處理工作（稍後）

打電話給吉兒的校長（稍後）

該死。把克萊倫斯從浴室裡放出來

清洗沾血的床單

等我們這裡結束之後，找人載我回家

丹的宇宙法則 +N

在醫院，時間是靜止的。

關於醫院最糟糕的事就是，你永遠都不是醫院裡病得最嚴重的那個人，因此，一旦到了醫院，你就從家裡或者救護車裡病得最重的那個人，變成病得完全不嚴重的人，所以，你絕對不會被優先處理，然後對自己想要成為優先被處理的病患感到可恥。

4月20日
上午5:03

吉兒在哪裡？

吉兒發生了什麼事？

我才去尿了一下，我老婆就不見了。

我還檢查了我的郵件。也發了一封郵件。可是，我只不過離開了五分鐘而已。

該死的輪床。

4月20日
上午5:45

我不了解的事

胎盤早期剝離

子宮內膜

妊娠

產前胎兒心率異常

部分撕裂

皮質類固醇

早產

我了解的事

現在，這裡有很多醫生。

醫生們看起來很擔心。

醫生們應該把他們的擔心隱藏起來。

我很害怕。

我需要把我的害怕隱藏起來。

吉兒嚇壞了。

吉兒現在可能是最嚴重的病患了。

我不能失去吉兒。

我們不能失去我們的孩子。

4月21日

上午3:20

有史以來最糟糕的事

等待

未知

不存在

4月21日
上午6:07

我犯下的錯誤

　　1. 沒有在一開始出血的時候就打電話叫救護車

　　2. 對護士大吼

　　3. 對其他的護士大吼

　　4. 大聲地問：「我老婆他媽的在哪裡？」

　　5. 當我什麼也聽不進去的時候，允許醫生繼續對我說明

　　6. 忘了打電話給吉兒的老闆

　　7. 忘了克萊倫斯的事（應該要打給史考特和史蒂芬妮）

4月21日
上午8:40

最新狀況

　　驗血和超音波都是陽性

　　「陽性」表示孩子沒有問題（他們應該一開始就先說明這點）

　　目標是「至少要達到三十週」

　　在懷孕期間住院

　　經常躺在床上休息

　　需要打點滴

　　等時間到的時候剖腹產

我聽到的

直到孩子出生前，我都會持續感到害怕

4月21日
上午8:50

胎盤早期剝離（透過谷歌找到了梅奧診所提供的解釋）

- 胎盤早期剝離是指分娩前，胎盤部分或者全部脫離子宮內壁。
- 這可能會減少或者阻礙胎兒的供氧和養分，引發母親體內的大出血。
- 胎盤早期剝離經常是突發性的。不及時治療的話，會危及母親和嬰兒。

胎盤早期剝離可能發生的危險

對母親來說，胎盤早期剝離可能導致：

- 失血造成的休克
- 血栓問題
- 需要輸血
- 因為大量失血導致的腎臟或者其他內臟衰竭
- 雖然鮮少發生，不過，當子宮出血失控時，有可能需要切除子宮

對胎兒來說，胎盤早期剝離可能導致：

- 因為沒有得到充足養分而致使生長受到限制
- 無法獲得充分的氧氣
- 早產
- 死胎

死胎（因為他們一直使用我不太明白的字眼）

「生出來就已經死了的嬰兒（嚴格說來是在子宮裡至少活過了孕期的前二十八週）」

丹的宇宙法則 +1

死胎絕對列在史上十大最糟糕的定義裡。

4月21日
上午9:25

最新狀況

- 吉兒寧可把胎兒從她的陰道裡擠出來，也不願被醫生從她的肚子裡取出來，然後自責沒能自然生產
- 吉兒的父母後天會來
- 克萊倫斯不知怎麼地忍到了史考特去遛牠（所以，牠也不算太混蛋）
- 史提夫掌管書店
- 金伯莉很不爽（她已經發簡訊給我了）

● 對街那棟建築的一樓有一間Friendly's㉔

丹的宇宙法則 +1

一個男人對女人的陰道知道得越多，它就變得越是神秘。

4月21日
上午9:45

嬰兒活存的機率

23週：20-35%

24-25週：50-70%

26-27週：90%

丹的宇宙法則 +1

查找醫學資訊的時候，網路簡直就是一個地獄之所。

4月21日
上午10:07

最新狀況

我們的孩子二十四週大了。

我必須得問。

㉔ Friendly's是美國東海岸的一家連鎖餐廳。

4月21日

下午2:15

老媽來訪

1. 假設所有的醫生都在隱瞞什麼
2. 假設所有的護士都討厭她（大部分的護士確實如此）
3. 「這家醫院怎麼沒有星巴克？」
4. 「事出必有因。」
5. 「生傑克就很容易，可是，丹……你每一步都要和我對幹。我用力了好幾個小時。我那天簡直就是個聖人。」
6. 當我無法回答醫學問題時就生氣
7. 「他們為什麼不能給你們一間比較好的病房？」
8. 「你不能什麼事都自己來。你應該把克萊倫斯放到狗旅館去。」（只對我說）
9. 「不可能。」（我不敢相信我這麼說）
10. 「當吉兒失業的時候，你們的保險怎麼辦？」

「扯淡的東西」+1

「事出必有因。」

4月21日

下午4:20

待辦事項

弄清吉兒失業時，她的保險怎麼辦

把吉兒住院清單上的東西帶來

計畫在醫院裡過逾越節（給吉兒驚喜）㉟

安排史考特或史蒂芬妮每天下午都帶克萊倫斯去遛狗

4月21日
下午11:15

新的擔憂

1. 吉兒的傷殘假（40天）加上病假（126天）將會在166天後過期（11月29日）。

2. 吉兒的健康保險將在11月29日過期。

3. 原本保證的12-24個月的產假，現在是不可能有了。

4. 原本保證的12-24個月的產假，一直以來都是不可能的（而我直到現在才知道）。

5. 除非吉兒答應在9月1日回去工作，但這是不可能的，否則，我們將會失去我們的健康保險。

6. 這在財務上不具有可行性。

7. 我完蛋了。我們都完蛋了。只不過吉兒還不知道而已。

㉟ 逾越節（Passover）是猶太教三大重要朝聖節期之一，是為了紀念神越過以色列人而不擊殺他們的長子，並且讓摩西帶領在埃及為奴的以色列人離開埃及，重獲自由的故事。

4月22日

上午6:05

我的生活在吉兒住院期間所出現的改變

夜裡不鎖前門

惡夢

沒有人的房間就不開燈

安靜

「最後起床的人要鋪床」已經不再適用了

克萊倫斯睡在床上

我會在床上吃飯

4月22日

上午11:30

來自比爾＆梅琳達‧蓋茲基金會的信函

沒有附上支票

「謝謝你的來信……」

「我們無法向個人提供資助」

「你可以考慮試試聯合勸募在北美提供的免費暨保密的服務，詳情請看……」

「我們祝你一切順利。」

想法

他們真的回信給我。

這件事的機會不大。

當你身陷困境時，你會對原本機會不大的事情開始感到不那麼遙不可及，這真是不可思議。

我真的以為我的倡議會讓我得到些什麼。

4月22日
上午11:50

為什麼並排停車是鬼扯

1. 那是一種公開表演。
2. 大家都期待你的並排停車能停得很好。
3. 即便人們期待你能停得好，但他們還是會盯著看你怎麼並排停車。
4. 如果你並排停車成功的話，沒有人會在乎。
5. 如果你失敗了──或者即使只是需要稍微調整一下──你就變成了一個沒有女人想再和你上床的笨蛋。
6. 沒有人在乎你老婆和小孩命在旦夕，也沒有人在乎你已經沒錢、只想找一個好的位置停車，才好去看你老婆。在這種情況下，大家還是期待你在並排停車的時候能一次到位。

4月22日
下午2:00

吉兒

　　放鬆

　　脆弱

　　疲憊

吉兒的話

　　「我無法相信我要在這裡待上幾個星期。」

　　「你需要善待克萊倫斯。」

　　「你的襯衫裡外穿反了。」

　　「我需要更多零食。我寫了一份清單。」

　　「麻煩你盡可能讓你媽媽遠離我。」

　　「我不介意你睡在家裡，不過，他們可以放一張小床在這裡，以防你哪天晚上想在這裡過夜。」

　　「去工作。經營書店。你好好工作，我會讓這個孩子活下來的。」

史提夫的待辦事項清單

　　銀行存款手續

　　書商的行事曆

　　支票簿

　　複製鑰匙

　　開除金伯莉

丹的宇宙法則 +N

　　除了一心想當老闆之外，生命裡什麼都沒有的人，是最不應該當老闆的人。

　　宣稱你的襯衫裡外穿反是一種刻意的時尚穿法，這絕對沒有人會相信。

4月22日
下午5:00

二樓：　　　福斯金龜車（灰塵比較少了？）

三樓：　　　雪佛蘭Corvette（在車罩底下）

　　　　　　速霸陸Outback（綠色）

備註

1. 雪佛蘭Corvette的防塵罩顯然讓它成為目前為止最好的選擇。

2. 我還是不會那麼做，不過卻顯然計畫得好像我打算要那麼做一樣。

4月22日
下午5:20

我是如何哄騙自己幫車道剷雪的

1. 我只會剷樓梯的部分。

2. 我只會剷樓梯的部分，加上足夠讓一輛車開出去的面積。

3. 我只會剷樓梯的部分，還有足夠讓一輛車開出去的面積，外加車道末端。

4. 我現在可能會把全部的地面都剷乾淨。

幫車道剷雪和擬定這個計畫有多像

這兩件事非常像

4月23日
下午2:30

關於芭芭拉和蓋瑞（吉兒的父母）最棒的事情

1. 從來都不在乎我不是猶太人

2. 從來都沒有提到過彼得

3. 在我取笑猶太節日時大笑

4. 簡訊內容的標點符號向來都使用得很適切

5. 他們知道我母親有點瘋狂

6. 他們知道我弟弟有一點混蛋

7. 他們認為在一場煙火表演結束時拍手很蠢

8. 他們從來沒有想過把假日的時間花在參加一場5公里的路跑比賽上

芭芭拉和蓋瑞讓人喜愛的部分，雖然這些部分並不那麼有魅力

1. 對於我描述的每一個醫療過程或者建議的醫療過程，不管那個過程可能有多瑣碎，他們都堅持要充分聽取

2. 他們帶貝果和燻鮭魚來給我，以聊表心意，讓我在他們早上來探訪後可以當作早餐（這導致我在他們來訪的前一天晚上必須得留下來過夜，即便我大可開車回家的）

3. 他們希望禮物盡快被打開（有時甚至在我還沒脫掉外套之前）

芭芭拉和蓋瑞確實沒有魅力的部分

1. 他們的狗很小、很吵，而且不尊重別人的需要
2. 他們的狗讓克萊倫斯看起來像個聖人
3. 他們喝牛奶
4. 他們的行李很多
5. 比較起GPS，他們更喜歡手寫的行車指示
6. 他們住在開車五個小時就可以到的地方

猶太節日的問題

- 根據他們自己的猶太曆法安排，因此，沒有人（包括猶太人自己）知道下一個節日是什麼時候，直到距離那個節日只剩下幾星期（或幾天）
- 會堂的儀式長達好幾個小時
- 假期長達3-8天，那實在太荒謬了，而且很不美國
- 沒有任何形式的裝飾
- 不斷地提醒非猶太人，他們唯一一個具有吸引力、而且可能是全球性的慶祝節日（光明節），只不過是一個次要的節日而已
- 光明節的正確拼法至少有三種：Hanukah / Hanukkah / Chanukah

- 一個次要節日的正確拼法至少有三種
- 籠罩在罪惡感裡
- 其中一個節日要求你在吃飯前，得先在餐桌上讀一本書
- 食物經常被吹捧過頭，而且味道很糟糕

過度吹捧的猶太食物

魚丸凍（沒有人真的吃這個）

猶太丸子湯（雞湯加餃子）

烤砂鍋（麵條布丁，這麼說就很清楚了）

牛腩（就是燉牛肉）

猶太三角小餅乾（餅乾）

甜醬（用水果和堅果製成的深色甜醬，這麼說應該很清楚了）

丹的宇宙法則 +1

如果一種食物在餐廳裡點不到的話，那就不是一種好食物。

4月23日
下午 8:05

芭芭拉在電梯外說的話

「吉兒比她自己說的還要害怕。」

「我知道這聽起來不好受，不過，失去彼得讓她對現在這種狀況感到更害怕。」

「在孩子出生之前，我要知道每一分鐘發生的每件事。」

「帶食物給護士。他們是讓這個地方保持運作的人。」

「忘了逾越節吧。反正我也不是太喜歡這個節日。」

「我喜歡你弟弟，不過，他太以自我為中心了。」

「現在，我最希望能和我寶貝女兒在一起的人就是你。」

「我真希望你不要那麼常穿運動褲。」

「為什麼蓋瑞不能直接把車開過來，而非得要這麼小題大作不可？」

4月24日
上午2:15

世界上最糟糕的人

- 認為過節最好的方式就是一大早參加賽跑的那些家庭，例如火雞賽跑、醜毛衣趣味跑、雪花舞步路跑、聖誕鈴鐺慢跑，或者新年鈴響賽跑

- 要求孩子繼承他們自己的宗教信仰，以及／或者和同樣宗教信仰的人結婚的父母

- 任何在公共場合用手機看影片卻不戴上耳機的人

- 倒車進入停車位的人

- 認為我想要被稱呼為丹尼的任何人（除了比爾之外）（我不知道為什麼）

4月24日
上午4:05

自我讚美的原則

原則：如果你必須說你是房間裡最聰明的人，那麼，你絕對不是房間裡最聰明的人。

傑克。

推論：讓別人誇獎你。如果你沒有感覺到你受到了應得的誇讚，那麼，你就還不值得那份誇讚。再努力一點。

對於上述推論的推論：如果你自誇的話，你一定要知道，當你不在場的時候，人們一定會貶損你，包括我岳母在醫院電梯外面的時候也一樣。

對於上述推論的追加補充：在和配偶及另一半私下相處時，自誇是可以被容許的，還有在工作面試和薪水談判時也是。

對於上述推論的另一個追加補充：為了達到娛樂效果，諷刺、誇張、挖苦式的自誇是可以被容許的，因為幽默勝過一切。

4月25日
上午5:05

我父親給我的建議，也值得我傳承給我的孩子

1.「閉嘴，繼續游泳。」（永遠都在非游泳的情況下說的）

2.「不喜歡一個人的理由很多，所以，不要讓他們的膚色成為其中之一。那很愚蠢。只要等到他們開口說話時，你就可以找到一個理由了。」

3.「坐而言不如起而行。」

4.「在我家，我說了算。」

5.「不要讓任何人愚弄你。死亡對死者來說是最難接受的。」

6.「你認同的事，就去倡導。」

7.「如果你會因為這件事而受到責備的話，那就乾脆放手去做吧。」

我知道我會給我孩子的其他建議

1. 立刻投資一個指數型基金。

2. 用一把真的輪胎扳手鎖緊螺母。

3. 在金錢上，不要對你的配偶說謊。

4. 哈利的蘑菇洋蔥披薩和冰茶永遠都可以取悅你媽媽。

5. 像班哲明·諾瓦克㉖、詹姆斯·法蘭科㉗這樣的人以及他們的成功，去他的。

6. 貓比狗好多了。

㉖ 班哲明·諾瓦克（BJ Novak，1979-）是美國演員、編劇、作家，在美劇我們的辦公室裡擔任編劇和執行製作，也擔綱演出其中一名主角。諾瓦克曾經獲得五次黃金時段艾美獎提名，並兩度獲得美國演員工會獎。他在2014年出版的一本包含64個故事的書 *One More Thing: Stories and Other Stories*，曾經進入紐約時報暢銷書精裝小說排行榜長達6週。同年發行的另一本兒童讀物 *The Book With No Pictures*，更在紐約時報暢銷繪本排行版上停留了174週。其中34週排名第一。

㉗ 詹姆斯·法蘭科（James Franco，1978-）是美國演員、製片人、導演、編劇、作家。他在2001年電視電影詹姆斯·狄恩（James Dean）中主演詹姆斯·狄恩，因而贏得金球獎迷你影集最佳男主角。2002年起，因在漫威電影蜘蛛人系列中扮演哈利·奧斯朋而獲得國際聲響和知名度。2012年，法蘭科在電影127小時飾演受困的登山者，大量的獨角戲讓他獲得了奧斯卡最佳男主角提名，並贏得獨立精神獎最佳男主角。

4月26日
下午9:40

我今天最美好的部分
　　金伯莉休假
　　老爸沒有到書店來
　　感覺到胎兒在動
　　吉兒笑了很多次
　　派
　　「真希望我們能夠親熱。」

4月27日
上午11:00

在醫生追蹤檢查時出現的數字
　　胎兒有十根手指頭
　　有兩個東西被探入吉兒的陰道
　　10.9吋
　　14盎司
　　醫生在整整該死的一分鐘之後才說，測量得到的數字很好
　　6個有關腹脹、脹氣、打嗝、排氣和胃灼熱的問題
　　4度提醒醫生，我們不想知道孩子是男是女

4月27日
上午11:45

讓我成為一個混蛋的行為

1. 我用「男女」、而不用「性別」這個字眼，是因為這樣更精確，不過，其實是因為那讓一些古板的人感到不自在。
2. 當我經過在雜貨店外面賣糖果的男童軍時，我假裝自己在講電話。
3. 我認為購買樂透彩券的人很愚蠢。
4. 我認為在便利店裡刮彩券的那些人是最愚蠢的人。
5. 為了讓我的自尊能稍微撐久一點，我對我懷孕的老婆隱瞞了我們即將發生的財務崩壞。
6. 我不會告訴吉兒，克萊倫斯和我現在晚上的時候會依偎在一起，即便這會讓她很高興。

4月28日
下午3:00

傑夫‧貝佐斯的回應

　　退回寄件人
　　地址不齊全
　　無法投遞
　　退回寄件人

丹的宇宙法則 +1

超級富翁的地址顯然不如網路上顯示的那麼正確。

4月29日
上午9:45

史提夫的想法

「三個孩子今天買了1984，因為他們看到你的當月精選，並且知道那本書被列在他們的夏日讀物清單上。你有考慮供書給學校嗎？或者至少取得那些夏日讀物的清單？」

「我知道哈特福德烘焙坊在街的那頭開了一家店，不過，也許他們會想要在這裡開一家分店。這裡可以賣一些咖啡和餅乾。或者也許我們可以自己做些什麼。利潤。對吧？」

「也許，我們也可以邀請一些沉園詩歌節⊛的詩人到這裡來？他們是本地人。我們不需要支付任何的差旅費用。」

我的想法

我懷疑史提夫會覺得我有多愚蠢，竟然一直以來都沒有想到過這些點子。

史提夫應該要經營這家店。

我需要把史提夫升為副理。他也許最終可以付得起他升職後的薪水。

像史提夫這樣的人，為什麼會接受副理的職務？

附加好處：如果史提夫接受副理的工作，也許金伯莉就會辭職。

這些都無關緊要，因為我們在兩個月內就會沒錢了。

4月29日
下午4:45

我的「不要讀的書」清單

　　納撒尼爾．霍桑的紅字[29]

　　伊迪絲．華頓的伊坦．弗洛美[30]

　　艾茵．蘭德的阿特拉斯聳聳肩

　　詹姆士．喬伊斯的任何著作

　　維吉尼亞．吳爾芙的任何著作

　　謝爾．希爾佛斯坦的愛心樹[31]

　　保羅．科爾賀的牧羊少年奇幻之旅[32]（我不知道為什麼大家
都那麼喜歡這本該死的書）

---

[28] 沉園詩歌節（Sunken Garden Poetry Festival）始於1992年，在美國康乃狄克州法明頓 Hill-Stead博物館如詩如畫的一座下沉式花園展開。活動的第一年就吸引了大批觀眾。詩歌節邀請了來自各州的頂級詩人、新興作家和學生作家參與，除了詩歌朗誦，也舉辦各種詩歌比賽和研討會。30年來，這裡已經成為全美首屈一指和最受歡迎的詩歌場所之一，而沉園詩歌節也成為了一種文化現象。

[29] 紅字（*The Scarlet Letter*）是19世紀美國小說家納撒尼爾．霍桑（Nathaniel Hawthorne，1804-1864）的代表作品，也是世界文學經典之一。

[30] 伊坦．弗洛美（*Ethan Frome*）是普立茲獎得主的美國女作家伊迪絲．華頓（Edith Wharton，1862-1937）於1911年出版的小說，並於1993年被改編為同名電影。

[31] 愛心樹（*The Giving Tree*）是美國作家謝爾．希爾佛斯坦於1964年出版的兒童繪本，雖然被列為兒童文學中最具爭議性的書籍之一，但也是希爾佛斯坦最著名的作品之一，已被翻譯成多種語言。

[32] 牧羊少年奇幻之旅（*The Alchemist*）是巴西小說家保羅．科爾賀（Paulo Coelho，1947-）所著的寓言小說，發行於1988年。截至2012年，牧羊少年奇幻之旅已被翻譯成50多種語言版本。

電影版比原著好看的書

約翰・葛里遜的黑色豪門企業❸（影片的結尾好太多了）

溫斯頓・葛魯姆的阿甘正傳（真的是一本很糟糕的書）

菲利浦・狄克的關鍵報告❹（平心而論，狄克的原著是短篇小說）

恰克・帕拉尼克的鬥陣俱樂部❺（小說不錯，電影更棒）

彼得・本奇利的大白鯊（警長夫人艾倫・布羅迪的不貞拖垮了原著）❻

4月29日
下午5:20

三樓：　　　　雪佛蘭Corvette（在車罩底下）

速霸陸Outback（綠色）

備註

除非那輛雪佛蘭Corvette開走，不然就是它了。

我不會真的那麼做的，所以，這一切只是大腦運動而已。

4月30日
上午3:05

這些事足以顯示出我們的寶貝不再只是襁褓中的小嬰兒

未來的一場畢業舞會之夜

說出了第一個字

在車裡唱史普林斯汀的歌

在知道達斯‧維德是路克的父親之後大感震驚

花幾千個小時在床上看書

迪士尼

幼兒園因為下雪而放假

在後院裡尋找復活節彩蛋

踏出了第一步

冬季音樂會

在綠地上赤腳奔跑

丹的宇宙法則 +N

一個人不僅僅是一個人。而是他承諾中他所能實現的一切。

一個不相信神的人在絕望的時候祈禱，就像一個溺水的人企圖要在水底呼吸一樣。有時候，你所剩下的只有不可能。

㉝ 黑色豪門企業（*The Firm*）是美國暢銷作家約翰‧葛里遜（John Grisham，1955-）所寫的法律驚悚小說。該書於1991年出版後，即榮登紐約時報暢銷排行榜冠軍，並被導演薛尼‧波拉克（Sydney Pollack）改編為同名電影，由湯姆‧克魯斯主演。

㉞ 關鍵報告（*The Minority Report*）是美國科幻小說家菲利普‧狄克（Philip K. Dick，1928-1982）的短篇科幻小說，原作初次刊登在美國科幻小說雜誌夢幻世界（*Fantastic Universe*）1956年1月號上，並在2002年被改編為劇情差異甚大的同名電影。

㉟ 鬥陣俱樂部（*Fight Club*）是美國越界小說家恰克‧帕拉尼克（Chuck Palahniuk，1962-）於1996年發表的小說；1999年導演大衛‧芬奇改編為同名電影，由布萊德‧彼特和艾德華‧諾頓主演。

㊱ 大白鯊是美國作家彼得‧班奇立（Peter Benchley）於1974年創作的小說，並在1975年改編為電影。電影版的大白鯊幾乎省略了小說所有的支線情節，主要集中在鯊魚和三位主角的人物塑造上。此外，小說中警長布羅迪之妻艾倫‧布羅迪和追捕大白鯊的團隊成員海洋生物學家馬特‧胡珀的不倫戀，也因為導演史匹柏擔心這段情節會傷及兩名男性主角之間的友誼，而建議在改編的劇本中刪除。

5月

5月1日
上午5:05

財務狀況

存款：1,020

收入

新篇章的收入：1,232

吉兒的收入：2,900

支出

房貸：2,206

Toyota：276

Honda：318

汽車保險：175

助學貸款：395

有線電視和網路：215

電費：132

加油：0

電話：180

瓦斯：不敢打開帳單

5月2日
上午5:35

沒有以下這些東西的天數

巧克力糖霜甜甜圈	0
口香糖	0
小黛比點心蛋糕	3
用牙線剔牙	98
後悔辭去我的工作	0
老爸	5,818

5月2日
上午5:52

有幾分鐘沒有做以下這些事

擔心錢的問題	0
擔心保險問題	0
對嬰兒感到恐慌	0
對未來感到害怕	0
自我厭惡	0

*除了睡著的時間之外（不包括自我厭惡，即便在睡夢中，
　我也很會自我厭惡）

5月2日
上午9:05

新篇章的五月精選

艾琳娜・法維利和法蘭西絲卡・卡瓦洛的叛逆女孩的晚安故事❶

史蒂芬・杜布納的動盪的靈魂：一個天主教孩子重返他猶太家庭的故事❷

凱瑟琳・伯恩斯（編輯）的飛蛾呈現：所有這些奇蹟。關於面對未知的真實故事❸

克里斯・博雅里安的 *Trans-Sister Radio*❹

奇普・希斯和丹・希斯的瞬間的力量❺

---

❶ 叛逆女孩的晚安故事（*Goodnight Stories for Rebel Girls*）是義大利暢銷書作家暨企業家艾琳娜・法維利（Elena Favilli，1982-）和法蘭西絲卡・卡瓦洛（Francesca Cavallo，1983-）共同創作的兒童讀物。書中收錄了100個非凡女性的故事，打破傳統女性的刻板印象；自2016年出版以來銷售超過4百萬本，並被譯為50種語言。

❷ 動盪的靈魂：一個天主教孩子重返他猶太家庭的故事（*Turbulent Souls: A Catholic Son's Return to His Jewish Family*）是美國作家史蒂芬・杜布納（Stephen J Dubner，1963-）出版於1999年的回憶錄，講述一個家庭因宗教而分裂，因信仰而維繫，又因真理而團聚的故事。

❸ 飛蛾呈現：所有這些奇蹟。關於面對未知的真實故事（*The Moth Presents All these Wonders: True Stories About Facing the Unknown*）是美國廣播節目「飛蛾」的藝術總監凱瑟琳・伯恩斯（Catherine Burns）於2017年該節目播出20週年時，將節目中分享過的45個關於冒險、勇氣、面對未知等的精采故事編輯而成的一本書。

❹ *Trans-Sister Radio* 是亞美尼亞裔美國小說家克里斯・博雅里安（Chris Bohjalian，1962-）出版於2000年的一本討論性、愛和人性關係的小說。

❺ 瞬間的力量（*The Power of Moments: Why Certain Experiences Have Extraordinary Impact*）是美國暢銷書作家希斯兄弟（Heath Brothers）出版於2017年的作品，藉由不同的故事，講述為什麼某些短暫的經歷可以震撼我們、提升我們並改變我們——以及我們如何學會在我們的生活和工作中創造這些非凡的時刻。

5月3日
上午8:15

我絕對不會告訴吉兒的事

　　昨晚，我在床上吃了四個小黛比點心蛋糕

　　我用無痕模式❻研究了縱火的資料

　　我哄騙克萊倫斯和我一起睡在床上

5月6日
下午5:20

三樓：　　　　雪佛蘭Corvette（在車罩底下）

　　　　　　　速霸陸Outback（綠色）

5月7日
下午8:25

衣櫥和／或衣櫃相對於洗衣籃的五個好處

　　1. 依照物品本身的設計功能來使用它們會合理很多。

　　2. 衣櫥和衣櫃可以把衣服藏起來，這樣，內衣褲和牛仔褲就
　　　 不會變成你家的固定裝置。

　　3. 空出來的洗衣籃可以用來裝要洗的衣物。

　　4. 儘管配偶不斷抗議，但是衣物還是被放在洗衣籃裡好幾個
　　　 月時，配偶也不會覺得自己像是被忽視的混蛋。

　　5. 允許問題經年累月地累積，只會導致最終的爆發點。

丹的宇宙法則 +1

　　把老婆的衣物放到一邊就像嗑藥一樣。短期內覺得很棒。長期就會致命。

　　你不需要真的嗑過藥，才能用嗑藥來做比方。

　　有時候，衣櫥／衣櫃相對於洗衣籃的好處，也可以應用在生活的其他方面。

5月8日
上午 11:15

史提夫的最新報告

- 拿到西哈特福德、法明頓、紐因頓和布魯姆菲爾德的學校夏日讀物清單

- 提供夏日讀物（塔納哈西・柯茨的*在世界與我之間*）❼ 給西北天主教中學的一、二年級，帶來 $2,042 的銷售額（15% 的折扣之後）

- 我正在考慮一個城鎮一本書的點子

- 點子（珍提出來的）：在猶太社區中心舉辦的書展做「快閃書店」的活動（也許也參加其他的展覽）

---

❻ 無痕模式（incognito mode）是指在上網時，不管使用的瀏覽器是 google chrome、firefox 或 Edge 等等，只要使用瀏覽器中的無痕模式進行私密瀏覽，就不會留下任何資料及紀錄。

❼ 在世界與我之間（*Between the World and Me*）是美國作家塔納哈西・科茨（Ta-Nehisi Coates，1975-）出版於 2015 年的一本書。藉由作者給兒子的一封信，深入討論針對黑人的暴力，既是傑出的回憶錄，也是美國民權運動史的批判之作，榮獲 2015 年美國國家圖書獎，也入圍普立茲獎。

問題

- 一個城鎮一本書是什麼？
- 「快閃書店」要怎麼做？
- 「快閃書店」是我想的那樣嗎？

5月8日

下午3:00

熱水器

- 我地下室裡的一種東西，可以把屋裡的水加熱
- 昨晚我在睡覺時，在我地下室裡壞掉的東西
- 我地下室裡無法被修復的一個東西，因為它是「一隻恐龍」
- 我地下室裡一個需要花$800換新的東西，因為它就像下雨一樣，「不下則已，一下傾盆」

5月9日

下午8:20

最新的嬰兒名字建議

女孩

- 凱希蒂
- 克萊拉

- 茱妮珀（我不敢相信，她居然「有點」喜歡這個名字）
- 奧莉薇亞

男孩

- 傑克
- 查理
- 諾亞

被否決的名字

- 艾索爾（她究竟在想什麼？）
- 迪妮絲（先發制人──高中時對我很壞的女孩）
- 伊莎貝拉（太多可能的暱稱）
- 善良（吉兒說，這甚至比小紅莓還要蠢，而且不是一個真的名字）
- 葛倫（吉兒說這不是一個女孩名，即便葛倫・克蘿絲是真有其人）

丹的宇宙法則 +1

所有的東西一定都有個開始，可惡。包括不是名字卻注定要成為名字的名字。

5月10日
下午10:55

最新狀況

　　葛倫・克蘿絲還活著。

　　葛倫・克蘿絲七十歲了。

　　她在四十年裡結婚了四次。

　　前三次婚姻各維持了三年。

　　目前單身。

　　在合法的異教中長大。

　　女演員布魯克・雪德絲的二堂姊（曾經被除名）。

　　七次奧斯卡獎提名（都沒有得獎）（哎呀）。

　　經營部落格，訪問其他名人關於他們和他們的狗之間的關係。

　　不是開玩笑的。

　　原名格蘭達・薇洛妮卡・克蘿絲（我不會告訴吉兒的）。

5月11日
下午5:08

老爸的卡片

　　他上週向史提夫買的那張賀卡（用我自己的武器來對付我）

　　● 在任何情況下，一張賀卡都不會被認為是一種武器。

　　沒有寄件人地址。在書店寄給我。該死的偽裝。

● 也許不是刻意偽裝，不過，我還是在不知情的情況下打開
　了。

「我不確定你為什麼沒有回信給我。我只能假設，你還在受
傷之中。如果是這樣的話，那很公平。」

對我成功地開了書店感到驕傲。吉兒懷孕讓他為我和吉兒感
到「很高興」。

「我希望你能讓我看看這個孩子。如果近期之內不行的話，
也許將來有一天可以。」

「當一個父親很難，丹尼。我知道你會比我做得更好，不過
那不容易。我不是在找藉口。更不是在要求你的原諒。我只是希
望你知道，當一個父親很難，而我並不夠堅強。

不夠勇敢。不願意付出一切代價來確保你和傑克沒事。至
少，我的失敗可以作為你的教訓。」

聽起來很悲傷。我很高興他悲傷，因為悲傷比無動於衷好多
了。

他說，認識小傑克是一個恩賜。「對我來說是一種恩賜，我
希望對傑克來說也是。」

「男人有時候就像驢子。頑固至極。什麼都不做很容易，但
是，你的吉兒把門打開了，

丹尼。我希望你不會把那扇門關上。」

「要做好心理準備，丹尼。以我從來沒有做到的方式，為你
的孩子站穩腳步。做一切需要做的事，來讓那個孩子平安和幸
福。讓我身為父親的失敗經驗成為我唯一教你的事。」

5月11日
下午5:12

想法

　　我對吉兒感到很生氣。

　　吉兒選擇了最好的時刻，來讓我對她感到生氣。她正躺在醫院的病床上，試著要讓我們的孩子活下去，在這種時候，我不能真的給她顏色瞧瞧。

　　我對我的父親感到很氣憤。

　　我很喜歡這張卡片。

　　「我不夠堅強。不夠勇敢。不願意付出一切代價來確保你和傑克沒事。」

　　「做一切需要做的事，來讓那個孩子平安和幸福。」

　　這是很久很久以來，我第一次收到我父親的建議，這讓我感覺很好。

　　我現在就在這麼做。老爸是對的。不惜一切代價。我別無選擇。

5月12日
下午8:45

我在吉兒睡覺時萌生的念頭

　　對你的未來投下龐大且大膽的賭注並非什麼新鮮事。企業家常常這麼做。有時候，他們會破產。有時候，他們則成立了蘋果和亞馬遜，還有谷歌。

我對此感到很有信心，這真是瘋狂。

也許是因為這裡的藥物。它們對我產生了滲透作用。

我已經很久沒有感到自信了。

有些人很擅長於他們每天做的事。向來都很有信心。我無法想像。

也許這不是信心。也許這只是希望。不再絕望。

瑞德在刺激1995裡面說：「希望是一種危險的東西。」它可以「把一個人逼瘋」。可是，安迪說：「希望是一種好的東西，也許是最好的東西，而好的東西從來都不會消逝。」我不知道誰才是對的。

阿甘正傳裡的阿甘也有類似的問題。我們是否有命運，生命是否是隨機的？阿甘說，也許兩者皆是，這種說法是一種逃避。不可能兩者皆是，笨蛋。不過，阿甘並不聰明，所以，我可以原諒他。

我們的孩子也在睡覺嗎？

嬰兒會做夢嗎？

等到這個孩子大到能看電影的時候，刺激1995和阿甘正傳會不會都已經變成太蠢、太過時的電影了？

嬰兒會害怕嗎？如果你只知道一件事的話，你能感到害怕嗎？

我很高興，這個孩子不知道他的父母現在身陷多少麻煩。

為什麼吉兒從來都不吃她的果凍？

為什麼我會擔心護士會因為我吃了不是要給我吃的食物而評斷我？

5月12日
下午9:30

點子：

　　跑到一對第一次約會的情侶前面，然後對男的說：「聽我說。她就是你的真命天女。不要讓她離開你。我來自未來。你得要相信我。」然後四下張望，彷彿被監視一樣。

　　接著再轉身說：「我沒時間了。」然後立刻跑走。

5月12日
下午10:20

我是這麼想的：

　　如果你懷有希望的話，它就是一個好的東西，如果你沒有的話，它就是一個危險的東西。如果有真實的希望，安迪就是對的。「希望是最好的東西。」

　　可是，如果希望只是一種癡心妄想，一個白日夢，那麼，瑞德就是對的。它會「把人逼瘋」。

　　我現在有了希望。真實的希望。那就是我現在之所以感覺很好的原因。即便是一個不好的點子，也比完全沒有點子好。

5月13日
下午 12:15

測試#1（9天）

西哈特福德市政廳禮堂

舞台後面通往走廊（向來都沒鎖？）的出口（沒鎖）

選擇1：右轉到大廳和數個出口
（75步）

- 通往後面停車場的出口
  - o 有計時器的停車場
  - o 在出口20呎之內有停車位
  - o 通往主街和雷蒙路的出口

選擇2：左轉到樓梯間和單一出口
（80步）

- 通往西哈特福德主街的出口
  - o 右邊有教堂
  - o 左邊有電影院、圖書館、商店、餐廳
  - o 對接有商店
  - o 街上有計時停車位

問題／麻煩

1. 警察局在兩個街口之外。反應的時間會很快。

2. 我不能排練實際的搶劫。

3. 我討厭「搶劫」這個字眼。不是那樣的。

4. 我很不擅長臨場發揮。

5. 我很不擅長與人衝突。

6. 我很不擅長攻擊。

7. 我沒有槍。我不想用槍。

8. 西哈特福德市中心週五晚上是什麼樣子的？

5月14日
下午12:25

我絕對不會做的事

要我的孩子去翻字典，就為了拼一個字。

當我的孩子和我說話時，我卻盯著我的手機看。

不會一整天都不對我的孩子說「我愛你」。

和我的孩子一起坐在車後座，以便時刻保護他不要受到任何傷害。

為了穿著的選擇而和我的孩子吵架。

強迫我的孩子吃綠花椰菜。或者蕃薯。討厭的蕃薯。

提高我的嗓門而沒有在事後為自己的混蛋行徑道歉。

當氣溫超過95度（攝氏35度）時，還不讓我的孩子吃冰淇淋。

允許我的孩子經常或者半經常地睡在我的床上。絕對不行，真的。這樣的家長和睡在他們床上的孩子都很該死。

我的缺點

- 我的味覺有限。
- 我對針頭有莫名其妙的恐懼。
- 我最熟的朋友全都是吉兒朋友的老公。
- 我沒有任何真正要好的朋友。
- 當別人告訴我穿什麼的時候，我會生氣，而且會耍孩子脾氣。
- 我可以對我所知有限且無關緊要的事情產生強烈的意見。
- 我沒有辦法做最簡單的家事或汽車修理。
- 如果不是為了我老婆，我不太會換床單。
- 我吃冰淇淋吃得太快。
- 在遇到需要用電話處理的事情時，我通常都會拖延。
- 我對於討價還價感到不自在，也很不擅長。
- 我不太喜歡走路。
- 在餐廳裡分享食物讓我很火大。
- 我對各種形式的會議幾乎都感到厭惡，這導致我效率低下、不夠專心，並且讓工作受到阻礙。
- 沒有條理和雜亂無章會對我的心情造成負面的影響，特別是在我無法控制這些雜亂時。
- 如果有人是受益於與生俱來的經濟特權，那麼，我很難尊重他們的成就。
- 我太常把我的信用卡落在餐廳了。

5月15日
下午 12:15

老爸的信 #1
寫於 4 月 1 日，2017

我很抱歉。
我很糟糕。
我們能聊聊嗎？

這封信還真長

5月16日
下午 3:05

商業內幕®提出的「9 個幫助人們領先的不公平優勢」
1. 僅需要很少的睡眠
2. 養育型的父母
3. 樂觀的傾向
4. 驚人的記憶力
5. 迷人的外貌
6. 抗拒誘惑的能力
7. 魅力
8. 人際關係
9. 選擇性忽視他人感受的能力

我唯一的優勢

選擇性忽視他人感受的能力（我想，他們所指的是比較不惹人厭的那種，不像這個能力體現在我身上那樣）

5月17日
上午6:15

槍的替代方案

刀子

炸彈威脅

5月17日
上午8:00

我希望

- 我還是一個有薪水和保險、低於平均水平的老師
- 我可以把我的計畫告訴別人
- 吉兒和孩子都平安
- 二十年前，我有投資一個指數型基金
- 很久以前，我有打電話給老爸

---

❽ 商業內幕（Business Insider）是 2009 年 2 月在美國建立的一個商業／娛樂新聞網站。該網站提供和分析商業新聞，並且將熱門新聞故事刊布在網上，每個新聞都有一個「前衛」的評論。新聞素材來自其他更大的媒體如紐約時報、全國公共廣播電台等。

5月17日
上午8:07

如果可以的話,我會很樂意把我的計畫告訴這些人,依照偏好順
位排列

　　史提夫

　　比爾

　　老爸

　　吉兒

5月18日
下午7:45

三樓:　　　　　雪佛蘭Corvette(在車罩底下)

　　　　　　　　速霸陸Outback(綠色)

5月19日
上午7:10

比爾的來電

　　「電話是雙向的,笨蛋。」

　　最長的停頓。

　　「我很遺憾。和嬰兒有關的事很嚇人。」

　　六度表示可以用任何可能的方式提供幫助。

　　「去他的賓果。好好照顧你老婆,呆子。」

　　哈特福德烘焙坊。明天上午9點。

5月19日
下午 11:40

Field & Stream[9]的「槍戰守則」

1. 忘掉刀子、棍棒和拳頭。帶一把槍。可能的話,至少帶兩把。把你有槍的朋友全都帶上。把你認為你所需要的彈藥量再乘上四倍。

2. 任何值得開槍的對象都值得射擊兩次。子彈很便宜——生命卻很貴。如果你在室內開槍的話,大型鉛彈就是你的朋友。一面新的牆壁很便宜——葬禮卻很貴。

3. 只有命中才算數。唯一比失誤更糟的是,慢慢地瞄準卻還是失誤。

4. 如果你的射擊姿勢很不錯的話,你可能移動得不夠快,或者沒有正確地使用掩體。

5. 遠離攻擊者,尋找掩蔽體。距離是你的朋友(最好有防彈掩蔽物,並採取對角線或橫向移動。)

6. 如果你可以選擇要帶什麼去參加槍戰的話,那就帶一把半自動或全自動長槍,以及一個有長槍的朋友。

7. 十年後,沒有人會記得口徑、姿勢和策略的細節。他們只會記得誰活了下來。

8. 如果你不是在開槍,你就應該是在溝通、換裝彈匣和奔跑。大聲喊「著火了!」為什麼喊「著火了」?因為警察

---

[9] *Field & Stream* 是美國一本專門報導打獵、釣魚和戶外活動的在線雜誌;該雜誌在1895至2015年間是印刷出版物,從2020年起僅在線出版。

會和消防隊一起到場，警笛聲通常會嚇跑壞人，或者至少讓他們分心，還有……如果你大聲喊「入侵者」、「格洛克」或「溫徹斯特」，有誰會因此而呼叫援助？

9. 精確度是相對的：大部分的戰鬥射擊水準多半仰賴於「焦慮程度」，而非槍枝本身的精確度。

10. 有朝一日，有人可能會用你自己的槍殺了你，不過，他們得用槍把你毆打致死，因為那把槍裡面是空的。

11. 放寬規則。所向無敵。唯一一場不公平的戰鬥就是你輸掉的那場。

12. 事先計畫。

13. 要有備案，因為第一個計畫行不通。「沒有任何一個戰鬥計畫能在和敵人第一次接觸之後維持超過十秒。」

14. 盡可能使用掩體或掩蔽物，不過要記住，石膏板牆壁之類的東西什麼也擋不住，只會在子彈射穿它們的時候，讓你的脈搏停止。

15. 在可能的情況下，繞到對手的側翼。保護你自己的側翼。

16. 不要放鬆警惕。

17. 永遠都要有策略地上膛，並且360度掃瞄四周的環境。練習單手上膛以及使用非慣用手開槍。如果你身體較靈活的那一面中槍的話，這是能保住你性命的方法。

18. 仔細盯著他們的手。手會殺人。微笑、皺眉和其他的臉部表情都不會殺人（我們信仰上帝。每個人都把手放在我可以看得見的地方）。

19. **現在**就決定始終要保持攻擊性。果斷地**即時行動**。

20. 你越快結束戰鬥，你挨到的子彈就越少。

21. 要有禮貌。專業。不過，如果必要的話，得計畫殺了每一個你遇到的人，因為他們可能會想殺了你。

22. 對人謙恭有禮，不需要對人過度友善。

23. 對於個人安全，你的首選是終生致力於迴避、威懾和化解衝突。

24. 不要帶一把口徑小於「4」的手槍參加槍戰。

25. 使用**每次**都能正常發射的槍。「當天使從你的火槍上吹散火藥時，一切的技巧都是枉然。」在練習時，把你的槍扔進泥地裡，然後確定它還可以用。你可以稍後再把它弄乾淨。

26. 在黑暗中、在有人對你大喊大叫時、以及當你氣喘吁吁等等的情況下練習射擊。

27. 無論是否有正當性，你都會因為殺了另一個人而感到難過。難過總比體溫變成室溫好。

28. 事後你**唯一**能說的話就是，「他說他要殺了我。我相信他。我很遺憾，警官，可是，我現在很沮喪。我沒辦法再多說了。請你和我的律師談。」

最後是佛里克教官的徒手格鬥守則

    1. 絕對不要徒手。

5月20日
上午12:20

實際應用在我計畫（不會包含槍枝）上的槍戰守則

1. 要有計畫。
2. 要有備案計畫，因為第一個計畫行不通。「沒有任何戰鬥計畫能在和敵人第一次接觸之後維持超過十秒。」
3. 在可能的情況下，繞到對手的側翼。保護你自己的側翼。
4. 不要放鬆警惕。
5. 對人謙恭有禮，不需要對人過度友善。
6. **現在**就決定始終要保持攻擊性。果斷地**即時行動**。

真相

我可能需要一把槍。

5月20日
上午9:20

比爾

知道烘焙坊每一個員工的名字。
「這個地方很好，因為它不知道自己很好。」
認識名叫瑞秋的女人，她把這地方當作她的辦公室。
對著他那杯拿鐵裡的心形泡沫微笑。一個真心的微笑。
記得吉兒的名字。
我忘記他老婆的名字了（艾波兒）。

「她壓力很大嗎？因為壓力對寶寶不好。」

沒有問我是不是壓力很大。

「剖腹產很難。你得要動員全部的人手。那不是開玩笑的。」

「亨利就是剖腹產生出來的。」

「他是我兒子。」

「他十二歲的時候死了。該死的白血病。」

比爾是越戰退伍軍人，他的兒子死於癌症，他的老婆被謀殺，而他會對著拿鐵上的泡沫微笑。怎麼會這樣？

「每天都是一個恩賜。不要忘了這點。」

我想，比爾可能真的這麼相信。

他想去看吉兒。我覺得這是個很棒、也很糟的主意。

丹的宇宙法則 +N

毫無疑問地，我們每天都低估了別人。

一個把咖啡館當作辦公室的人，要不就是在逃避家裡的什麼，要不就是把工作視為一種尋求表現和關注的過程。

5月20日
下午 7:10

最嚇人的名字

　　路德

　　布魯特斯

　　凱文

　　馬可士

阿道夫

卡羅

布奇

墨利斯

5月21日
上午4:05

老爸的信 #2
寫於7月18日，2016

正在他家後面搭一座藤架

考慮退休

再也不去做禮拜

兩隻貓。蜜德莉和奧爾加。

「我希望認識你。我也希望你認識我。」

「我很抱歉」寫了三次

5月21日
上午5:07

最新狀況

藤架：一座拱門，上面有覆蓋著爬藤或垂吊植物的框架。

我在一百萬年之內都無法搭一座藤架。

我從來沒有用過鋸子。也從來沒有倒過水泥。

還有，我不明白。為什麼不蓋一座有真實屋頂的東西？

5月21日
上午5:55

想法

我無法搭一座藤架，因為我父親在我還小的時候就從我的生命裡消失了。

我不應該為了我父親能搭一座藤架而我不能就感到生氣，可是我還是很生氣。

為什麼我們那麼在乎某個為我們的存在提供了基因物質的人？除了基因物質之外，他們幾乎沒有提供其他什麼了。

為什麼我們那麼在乎某個因為我們提供了基因物質而存在的人？除了基因物質之外，我們幾乎沒有提供其他什麼了。

5月21日
上午7:10

丹的宇宙法則 +1

你必須佩服那些了解好名字對寵物來說很重要的人。

5月22日
上午9:20

惹人厭的人

　　1. 任何不斷提醒我們番茄其實是水果的人。

　　2. 穿襪子睡覺的人。

　　3. 會說「你有看我的推特嗎？」或者「你有看我臉書的貼文嗎？」，而不直截了當地把他們的推特或貼文說出來的人。

5月23日
上午11:45

愚蠢的嬰兒名字

　　莎拉或薩拉（如果你這輩子都得要澄清這個名字的唸法，那就不是個好名字）

　　傑克森（直接把孩子叫做傑克就好了，那不是乾脆很多）

　　梅布爾（很明顯地在告訴別人，你父母實在太閒，才會研究出一個這麼不普遍的名字）

　　史提芬（蠢到沒能把史蒂芬唸對）

　　布蘭登／布瑞登／布萊登／布萊德（永遠沒有人能確定你到底叫什麼名字）

　　克拉克（腦子立刻就想到克拉克‧肯特和超人，你根本不可能變成超人）

　　珍妮（珍／娟／珍妮／娟妮，這類選擇也實在太多了）

約翰（你實在太在乎小孩要叫什麼名字，所以就幫他取了一個史上最普通的名字）

只是為了履行家族、文化或宗教責任的任何名字

丹的宇宙法則 +1

地獄裡有一個特別的地方，是專門給那些認為除了孩子父母以外，自己對於孩子的命名也有權發聲的人。

5月23日
下午7:00

吉兒

她看起來好疲憊，雖然她整天都在床上。

她的手一直都沒有離開過肚子。

「護士很喜歡你帶來的藍莓派。真聰明，親愛的。」

「那是新的牛仔褲嗎？」

丹的宇宙法則 +N

把別人的建議說成是自己的功勞並沒有錯，如果這樣可以讓一個脆弱的人覺得開心的話。

如果要把食物當作禮物送人的話，派是最好的選擇。

當負責洗衣服的人不再洗衣服時，就會發生下列現象的其中之一：

- 另一個人會開始洗衣服。
- 幾十年沒見到的衣服開始從衣櫥和抽屜裡出現了。

適合出現在小孩T恤上的字眼

- 我只是個小孩，可惡。

- 這只是一個遊戲，笨蛋。

- 你真的要用這些毫無意義的工作表來搶走我珍貴的童年嗎？

- 不要煩我的教練。你從來都沒有出現在我們每週二和週四晚上的訓練。

- 這些裁判的薪水不夠應付像你這樣的混蛋，所以，你給我閉嘴。

- 如果本州某個學區宣布今天因為下雪而停課的話，你最好也依樣畫葫蘆。

- 給我$5。那對我來說是全世界。對你只是另一杯卡布奇諾而已。

可行的商業點子？

把我的幽默和智慧印在T恤上的T恤公司

5月24日
下午 11:45

老爸的信 #3
寫於 7 月 22 日，2016

「我對自己感到很羞愧。」

好長的一封信啊。

5月25日
上午 7:50

截至目前為止，今天早上的成就

 1. 從牙膏管子裡擠出（用了很大的力氣）最後一點牙膏

 2. 襯衫上沒有沾到牙膏

 3. 讓克萊倫斯相信吃剩的辣椒是狗食

 4. 在購物清單加上狗糧

 5. 發現我不知怎麼地穿了兩件內褲

 6. 聽「程式阿猴」時沒有淚眼盈眶

5月25日
上午7:58

強納森·庫爾頓為「程式阿猴」所寫的非凡歌詞

〔第1節〕

程式阿猴起床，喝咖啡

程式阿猴上班去

程式阿猴有場無聊的會

要和無趣的經理羅伯面對面

羅伯說程式阿猴勤奮又努力

但他的輸出很不行

他的程式沒有「功能」又缺乏「魅力」

程式阿猴聽了有什麼反應？

〔副歌1〕

程式阿猴認為也許經理想要自己寫這個該死的登入頁

程式阿猴把這個想法放在心裡面

程式阿猴頭殼沒有壞去，他只是有股傲氣

〔合唱〕

程式阿猴喜歡油炸玉米片

程式阿猴喜歡無糖可樂和激浪汽水

程式阿猴是個簡單的人類

他的心溫暖包容又體貼

程式阿猴就像你

程式阿猴就像你

〔第2節〕
程式阿猴在前台流連不去
他說你的毛衣很美麗
程式阿猴想要請你喝汽水
連杯子和冰塊都沒忘記
你說，不用了謝謝你
汽水會讓你變肥
而且你還有電話要接
沒有時間可以打屁

〔副歌2〕
程式阿猴走了漫漫長路回到自己的小隔間
他坐下來假裝在工作
程式阿猴的腦子無法運作
程式阿猴感覺很難過

〔合唱〕
程式阿猴喜歡油炸玉米片
程式阿猴喜歡無糖可樂和激浪汽水
程式阿猴是個簡單的人類
他的心溫暖包容又體貼
程式阿猴就像你
程式阿猴很像你

〔第3節〕

程式阿猴有充分的理由

離開這個公司的小世界

程式阿猴只是繼續編寫

看著你那張臉貌美如天仙

他寧願醒來，吃塊咖啡蛋糕

然後洗澡和小睡

這份工作「能用創造力自我實現」

簡直就是一派胡言

〔副歌3〕

程式阿猴覺得總有一天他會擁有一切

包括像你這樣漂亮的妹妹

程式阿猴只是暫時在等待

他說，總有一天、無論如何，這都會實現

〔合唱〕

程式阿猴喜歡油炸玉米片

程式阿猴喜歡無糖可樂和激浪汽水

程式阿猴是個簡單的人類

他的心溫暖包容又體貼

程式阿猴就像你

程式阿猴就像你

5月25日

上午9:20

我非常擔心強納森·庫爾頓那首〈程式阿猴〉裡面的程式阿猴，
原因是

　　他的經理沒有看到他的才能

　　他夢想有朝一日會擁有一切，但是他沒有計畫

　　那個漂亮的女孩顯然瞧不起他

　　「只是暫時在等待」通常表示永遠

　　「總有一天，無論如何」是一廂情願的想法，這種想法總是
導致災難

5月25日

上午9:33

夢想的工作

　　成功的書店老闆

　　史塔特勒或華德夫（在任何情境之下扮演他們）❿

　　暢銷書作家

　　有全職薪水的兼職大學教授

　　郵遞員

　　樂透贏家

---

❿ 史塔特勒和華德夫（Statler or Waldorf）是 1976-1981 年期間，英國聯合電視網推出的
　電視節目大青蛙布偶秀（The Muppet Show）裡，兩個說話諷刺、愛批評、幽默、機
　智的老人布偶。節目以過度歡鬧、肢體搞笑、不時荒唐滑稽的戲劇感而聞名。

5月26日
下午7:15

我不需要這麼做。

我隨時都可以打退堂鼓。

這太瘋狂了。

我老婆懷孕了，我的孩子命在旦夕，我們就快要沒錢了。

我不想失去我老婆。

我不想變成像我父親那樣的人。

我想要有所成就。

十五分鐘將會改變一切。

這是一個好計畫。

也許，我看了夠多的搶劫電影。

也許，我看了太多的搶劫電影。

5月26日
下午7:28

行動前的確認清單
  汽車
  腳踏車
  旅行袋

市政廳的確認清單
  門
  滑雪面罩

門
舞台
台詞
馬可士
錢
門
走廊
滑雪面罩
門

逃跑的確認清單
走路
腳踏車
汽車
汽車

5月27日
下午8:14

這太瘋狂了。
這不是我。
我不能這麼做。

5月27日
下午8:17

這是個好計畫。

我們在一個月之內就會沒錢了。

也許，我應該開始設立一個GoFundMe的頁面❶。

我已經厭倦了處在擔心害怕之中。

我已經厭倦了每天早上醒來時，都在想著我們的銀行存款。

比爾是一名越戰退伍軍人，他的兒子死於癌症，他的老婆遭到謀殺。

「我不夠堅強。不夠勇敢。不願付出一切代價來確保你和傑克沒事。」

「以我從來沒有做到的方式，為你的孩子站穩腳步。做一切需要做的事，來讓那個孩子平安和幸福。」

沒有其他的解決辦法。

這是個好計畫。

「總有一天，無論如何」就是指現在。

我很興奮。

我想要成為不同凡響的人。

我可以做到。

5月27日
下午8:23

要記住的事

　　待在桌子和群眾之間

　　在出去之前，把滑雪面罩和帽子丟掉

　　速度比把每一塊錢拿到手更重要

　　在可能的情況下，繞到對手的側翼，保護你自己的側翼

　　不要放鬆警惕

　　現在就決定始終要保持攻擊性，果斷地**即時行動**

　　保持冷靜

5月27日
下午8:26

我的台詞

　　「不要動。」

　　「不要說話。」

　　「如果你們依照我的指示做，馬可士就不需要傷害你們。」

　　「把所有的錢都放進這個旅行袋裡。」

　　「保持安靜。」

　　「坐好不要動。」

⓫ GoFundMe 是一個美國營利性的群眾集資平台，人們可以在這個平台上籌募資金。
　　GoFundMe 於 2010 年推出，總部設在加州紅木城。

「數到100。」
「我很抱歉。」

5月27日
下午8:48

你可以辦得到。
她們都是老太太。
你可以跑得很快。
這會拯救我們。
這對吉兒和我們的孩子有好處。

5月27日
下午8:52

這是我所做過最勇敢的事。
我真希望我不需要勇敢。
我真希望我不是這麼沒有用。
我真希望我能為了吉兒和我們的孩子，當一個普通的好人。
我已經厭倦了當個沒用的人。
我想要成為不同凡響的人。
我真希望彼得沒死。

5月27日
下午 9:02

要有攻擊性。

動作要快。

什麼都沒到手總比被抓到好。

記住，這些都是老太太。

5月27日
下午 9:22

這會在十五分鐘之內就全部結束。

我需要這筆錢。

我不是一個壞人。

我很愛吉兒。

我很愛我們的孩子。

該行動了。

5月27日
下午 9:23

「該行動了」真是句蠢話。

我不是那種「該行動了」的人。

我要這麼做。

我現在就要這麼做。

5月27日
下午9:31

該死。

思考。

在那三個人離開走廊之前，我都動彈不得。

為什麼會有三個人在星期五晚上站在走廊上？

三套西裝。

一個公事包。

他們在為某個名叫蓋瑞的人爭吵。

如果他們走樓梯的話，他們就會看到我。

躲在樓梯間是個糟糕的點子。現在，我看起來像有罪了。

如果他們看到我的話，這件事在開始之前就結束了。

5月27日
下午9:36

星期五晚上還有誰可能會在這裡？

我為什麼沒有事先確認？

我看的搶劫電影還不夠多。

一個人——政客、秘書、管理員——可能毀了一切。

我太蠢了。

5月27日

下午9:38

對丹尼・奧申和他的同夥來說，也沒有任何一件事是非常順
利的。

5月27日

下午9:39

我有一股奇怪的衝動，想要在此刻打電話給比爾。

或者打給我父親。

5月27日

下午9:41

蓋瑞在我那份可能的嬰兒名字清單上被正式除名了。

這個該死的蓋瑞。他聽起來像個蠢貨。

5月27日
下午9:44

離開了。
電梯。
現在。

5月27日
下午9:45

現在。
現在，要不就再也沒有機會了。
不要成為程式阿猴。
要成為不同凡響的人。

5月27日
下午9:51

思考。
呼吸。
不要動。
我做到了。
目前為止。

警察會檢查車庫嗎？

該死，呼吸。

稍等一下。

不要做任何蠢事。

思考。

5月27日
下午9:53

好的部分

「馬可士」奏效了。我無法相信。

我非常冷靜。

我把滑雪面罩和帽子扔了。

我想我全部拿到手了。

為什麼馬可士會奏效

1. 這是個嚇人的名字。

2. 大白鯊裡的鯊魚在人們看不到的時候是最恐怖的。

3. 如果你不是在開槍，你就應該是在溝通、換裝彈匣和奔跑。

壞的部分

一開始的時候，有個女士害怕到不能動。她開始哭。我不怪她。

我得要大吼才能讓她動。

把她弄哭讓我感覺很糟糕。

當我離開建築物的時候，警車駛過南大街。

我為什麼假設星期五晚上警察會在警察局？

老太太絕對沒有數到100。

也許她數得太快了。我應該要她數密西西比才對❶。

老太太們從前面的入口出去，而沒有跟著我到側門。

老太太們的動作比我想像的快。

老太太們比我想像的聰明。

70歲顯然是新的50歲。

我被自己的年齡歧視給害了。

也許某個在玩賓果的人看到我了。看到滑雪面罩。

也許是在我大喊的時候。

老太太們瞄到我穿過南大街，跑向腳踏車。

也許認出了旅行袋。

警察也可能看到我穿過南大街。

他們有看到我左轉，跑進停車庫嗎？

可惡。

5月27日
下午9:57

問題

有人看到我進入停車庫嗎？警察？老太太？目擊者？

有人看到我的臉嗎？

現在就離開比較好，還是等一下？

可惡。

5月27日
下午10:05

奇蹟

當我走出市政廳的時候，警察巡邏車剛好從我身邊經過。

我保持冷靜。

我穿過南大街，沒有被車子輾過。

沒有旁觀者企圖要攔阻我。

老太太們沒辦法叫得太大聲。

5月27日
下午10:07

等待是很糟糕的事。

上面的樓層可能要關閉了。

其他的車正在離開。

一切似乎都很正常。

我應該要走了。

開車，丹。

---

⑫ 密西西比是美國人常用來數秒的單位，「一個密西西比、兩個密西西比……」唸一次
密西西比剛好是一秒鐘左右的時間，比起單純數1、2、3……，速度上會稍慢一點。

5月27日
下午10:08

電話

醫院

護士

保持冷靜

一直試著在打電話

吉兒在動手術

孩子要出生了

開車過去的時候不要發生意外

你無能為力

趕快過來

5月27日
下午10:11

計畫

要下三層樓。

右轉到南大街。

左轉到塞奇威克街。

I-84號公路。

醫院。

保持冷靜。

重新審視計畫。

開車。

5月27日
下午10:12

該死。

車子大排長龍。

警察在車庫出口檢查車輛。

卡車。

手電筒。

我敢打賭，他們在找旅行袋。

我會說：「我去看電影。一個人去的。」

「我老婆要生了。」

保持冷靜。

上帝幫幫我。

我太蠢了。

5月27日
下午10:13

前面還有六輛車。

十億個警察。

十億支手電筒。

一個旅行袋。

5月27日
下午10:14

前面還有四輛車。

5月27日
下午10:15

不知道現在有哪些電影正在上映。
該死。

5月27日
下午10:17

感謝上帝有網路的存在。
沒有搶劫的電影。
太可惜了。不然這會是一個更好的故事。
我永遠也無法告訴別人的故事。
還是一個人。向來都是一個人。
丹尼‧奧申有十一或十二個同夥。我只想要一個。一個就
好。

5月27日
下午 10:18

史提夫。他就是答案。他一直都是答案。

史提夫。

可惡。

三十分鐘之前，我不可能想得到這點吧？

丹的宇宙法則 +1

重大問題的解決方案出現時，通常都晚了一步，而且總是在最奇怪的情境之下出現的。

5月27日
下午 11:14

我的女兒

女孩

出生於下午 10:23

身長 15.9 吋

體重 3.05 磅

「以她的年齡來說算是大個頭。」

眼淚

「不敢保證，不過看起來不錯。」

當她出生時，她父親和警察在一起。

5月28日
上午12:11

好的部分

　　保持冷靜。我真他媽的不敢相信。

　　事先打破了雪佛蘭Corvette的窗戶

　　把旅行袋放在後座

　　就在警察檢查車子之前，讓護士回到了電話上

壞的部分

　　我錯過了我女兒的出生

　　旅行袋還在雪佛蘭Corvette上（希望如此）

　　我想，我需要歸還這筆錢

丹的宇宙法則 +N

　　為人父者承擔不起淪為小偷、沒用的人或者糟糕的人。

　　有些宇宙法則出現得太慢，以至於幫不上忙。

5月28日
上午7:45

凱希蒂·彼得·梅洛克

　　「叫做彼得，不要叫做愛麗絲，你覺得如何？」

　　沒有打算要這麼說。純粹是脫口而出。

　　感覺像是那天我所做的事情裡，最正確的一件。

吉兒哭了。

我哭了。

護士比較喜歡愛麗絲。

討厭的女人。

5月28日
上午7:55

關於彼得的真相

吉兒之所以是吉兒，是因為彼得。

我永遠也當不了彼得。

我永遠都會是丹。

我可以愛彼得，因為彼得以前愛吉兒。

我可以愛彼得，因為吉兒以前愛彼得。

愛彼得改變了一切。

愛彼得的感覺很好。

丹的宇宙法則 +1

一個孩子的出生似乎讓一切變得更難，同時也變得更容易。

凱希蒂 · 彼得 · 梅洛克

1. 好小隻。

2. 很漂亮。

3. 看起來像個超級天才。

4. 看起來像個老太太。

5. 沒有水管、垃圾、廢棄物,自動販賣機和肥皂,穴居人是
   怎麼讓一個嬰兒活下來的?

6. 為什麼每次看到我那被放在塑膠保溫箱裡的女兒,我都會
   哭?

7.「我的女兒」是世界上最沉重的幾個字。

8. 不知為什麼,也不知道是用什麼方法,一個三磅的骨肉之
   軀讓一切都變得清晰了。拭去了我所有的問題,也給了我
   一堆全新的問題。不過,是比較好的問題。是對的問題。

5月28日

上午10:20

丹的宇宙法則 +1

當一個孩子的健康和幸福都仰賴於你的時候,赤裸地面對世
界會比較容易一點。

5月28日
下午 12:05

比爾

「哇。你知道怎麼打電話。」

「祝你好運！」

他是為了吉兒才學「祝你好運」的希伯來語。這是他說的。

「彼得？她的中間名叫做彼得？那是什麼千禧世代的扯淡嗎？」

根據比爾的看法，沙耶爾、迪倫、阿羅、卡麥隆這些名字也都是「千禧世代的扯淡」。

「我想，自從我上次見到你之後，你成長了很多。」

「你的車？為什麼是你的車？咖啡館不行嗎？」

5月28日
下午 12:45

我想告訴比爾的事

所有的一切

我真的會告訴比爾的事

1. 我的錢快用光了。

2. 我搶劫了一個賓果會場。

3. 我搶的大部分都是老太太。

4. 我以前從來沒做過這種事。

5. 我把錢藏在街道對面一個停車庫的一輛雪佛蘭Corvette裡面。

6. 我想要歸還那些錢。

7. 在我第一次看到我女兒之後的那一秒，我就想要歸還那筆錢了。

8. 我需要你的幫助。

我不會告訴比爾的事

1. 把一件事做好的感覺很好。

2. 覺得自己勇敢的感覺很好。

3. 一小部分的我想要再做一次。

4. 我是個超酷的硬漢。

5. 有點吧。

5月28日
下午1:30

比爾提出來的19個問題

1. 當我們前面就有一間很棒的咖啡館時，我們為什麼要坐在一輛車子裡？

2. 什麼？

3. 你可以再說一遍嗎？

4. 你是什麼白痴啊？

5. 你有用槍嗎？

6. 馬可士是誰？

7. 那有效嗎？

8. 你是認真的嗎？

9. 大白鯊？那隻該死的鯊魚？

10. 你拿了多少錢？

11. 你不知道？

12. 就那樣？

13. 你為什麼一直在寫東西？

14. 你知道你自己有多蠢嗎？

15. 你怎麼知道那輛雪佛蘭Corvette的車主還沒有發現那筆錢？

16. 灰塵？你的整個計畫都仰賴在一層灰塵上？

17. 你打算怎麼做？

18. 為什麼是我？

19. 搶劫賓果會場真的很蠢，不過，你現在有了那筆錢，為什麼不留著？

5月28日
下午3:15

我沒有告訴比爾的事

1. 歸還那筆錢比我在偷那筆錢的時候還讓我害怕。

2. 我幾乎希望那輛雪佛蘭Corvette的車主發現了那筆錢，這樣，我就不用管它了。

3. 比爾是我唯一真正的朋友。

5月28日
下午3:35

重要的問題

1. 雪佛蘭Corvette的車主發現那筆錢了嗎？
2. 如果是的話，他／她通知警察了嗎？
3. 警察發現那筆錢了嗎？
4. 如果是的話，他們在監視那輛雪佛蘭Corvette嗎？在等我出現嗎？

5月28日
下午4:30

比爾的計畫

1. 手套。
2. 拿回旅行袋。
3. 把錢從原來的旅行袋換到新的旅行袋。
4. 寫一份說明解釋情況。
5. 把新的旅行袋丟到圖書館的戶外書籍歸還箱裡。
6.「現在，在你的那本小冊子裡，把這個寫下來。用大寫的。**該死的白痴丹什麼事也不做，而且喜歡這樣無所事事。**」

5月28日

下午4:40

信函

　　請聯絡警察。

　　錢是在美國革命女兒會賓果會場發生搶劫時偷來的。

　　是在愚蠢的恐慌下拿走的。

　　馬可士不是真有其人，所以，不要逮捕某個無辜的馬可士。

　　對不起。

5月28日

下午4:50

問題

　　在這件事結束之後，比爾還會是我的朋友嗎？

　　我要告訴吉兒嗎？

　　我會告訴吉兒嗎？

　　我會告訴凱希蒂嗎？

5月28日
下午5:10

有史以來最糟糕的事
等待
未知
不存在

5月28日
下午5:12

比爾的「給我聽好」的命令
1. 不要告訴任何人任何事。
2. 不要做任何傻事。
3. 在我給你指示之前，不要輕舉妄動。
4. 除非你別無其他選擇，否則不要做決定。等待永遠都是最好的決定。
5. 拜託，你需要學習開口求助。坐在那裡好好想一想這點。
6. 幫你自己列一份清單，把除了犯下重罪之外，你原本可以做的所有屁事都寫下來。
7. 你要自問，你為什麼坐在那裡，用一本便條紙、紙張或你那該死的手機，寫下了那麼多的清單，然後卻做了一件那麼愚蠢的事。
8. 你不是一個壞蛋。甚至也不是個蠢蛋。你只是一個絕望的人。

9. 放輕鬆。你已經把困難的部分做完了。你偷了那筆錢。我只是需要把它還回去而已。

該死的後見之明

- 向老媽或傑克借錢永遠都比犯下重罪好。
- 向比爾尋求建議永遠都比犯下重罪好。
- 懷孕妻子的丈夫和未出世孩子的父親不應該犯下重罪。
- 對你的老婆說實話永遠都比犯下重罪好。
- 真是太荒唐了。
- 也很不可思議。
- 我知道為什麼丹尼‧奧申一直搶劫賭場。那不是為了錢。

追加補充

對你老婆說實話幾乎永遠都比犯下重罪好，除了一種情況之外：當她曾經嫁給一個比你好的男人，而那個男人又已經死了。

5月28日
下午5:15

我為什麼要列清單

我不想要不存在。

不是為了這個世界。

不是為了未來。

不是為了我的孩子。

不是為了我的女兒。

我想要某個永遠存在的東西。

某個可以比我存在更久的東西。

我希望我女兒可以一直都了解我。

我不想變成我父親那樣的人。

我不想變成我父親。

可惡。

我之所以寫清單，是因為這樣我就不會停止存在，就像我父親停止為我存在一樣。

可惡。

5月28日
下午5:16

丹的宇宙法則+N

大人用一輩子的時間在解開他們童年的結。

即便我們的父母丟下了我們，他們也絕對沒有真的棄我們而去。他們持續地影響著我們所做的每一件事，即便我們自己看不到。

在某種程度上，我們很多人都是天行者‧路克，我們都在面對我們父母的失敗。

不存在只是死亡所帶來的諸多恐懼中，第一件要面對的事。

5月28日
下午5:30

如果比爾被抓的話，緊急計畫是
　　1. 我向吉兒認罪。
　　2. 我向警察認罪。

如果我向警察認罪的話
　　我會去坐牢。
　　我會失去吉兒。
　　我會失去凱希蒂。
　　我會失去書店。
　　吉兒和凱希蒂會沒人照顧。

丹的宇宙法則 +1
　　在涉及他人的生存問題時，有時候，道德上正確的決定，在道德上並不一定是那麼正確的。

5月28日
下午5:41

新的計畫
　　打電話給比爾。
　　中止計畫。

把那筆錢留在那輛雪佛蘭Corvette裡。

計畫結束。

5月28日
下午5:42

比爾不接電話的可能原因
  被捕了
  手機關機
  把手機留在了車裡
  看到是我打來的，所以沒有接

5月28日
下午5:49

他知道我在等。他知道我想知道狀況。他為什麼不接電話？

我讓一個老人在我犯下的案子裡提供協助，並且慫恿他也一起參與。

我到底在想什麼？

「慫恿」到底是什麼意思？

為什麼我只會想像最壞的情況？

我讓一件壞事變得更糟了。

丹的宇宙法則+1
  沒有什麼比打了幾通對方不接聽的電話更讓人絕望的了。

5月28日
下午5:56

　　比爾是那種覺得有必要立刻回電或者回覆簡訊的人，還是那種自己方便時才會回覆的人？

　　我是那種覺得有必要立刻回電或者回覆簡訊的人。這讓人很沮喪，但也不意外。

　　即便他是我希望能成為的那種人，他也不能就那樣無視於十四通未接來電。對嗎？

丹的宇宙法則+1

　　只有了解一個人的電話禮儀，你才算真正了解他。

5月28日
下午6:02

真相

　　我把比爾拉進來是因為我害怕。

　　不勇敢。

　　這是支撐我的藤架。

　　這是一個糟透的藤架，而我搞砸了。

5月28日
下午6:06

選擇的作法

　　等待。

　　開車到停車庫去，然後在他拿到那筆錢之前阻止他（如果他還沒拿到的話）。

　　像個瘋子一樣，繼續打電話和發簡訊給比爾。

5月28日
下午6:16

　　他被捕了。

　　警察正在監視那輛車。

　　我就知道。

　　他們當然在監視那輛車。他們為什麼不會監視那輛車？

　　把錢歸還給一群玩賓果的女士為什麼那麼重要？

　　我不能讓比爾去坐牢。

　　我不能去坐牢。

　　可惡。

5月28日
下午6:22

真相

　　那天，我並不害怕和金波・帕爾斯打架。我是害怕傷了金波・帕爾斯。

　　我是一個避免衝突、迎合他人的人。我一直都是。

　　現在，我傷害了比爾。

5月28日
下午6:24

我會這麼說

- 比爾不知道我要去搶劫賓果。
- 他說我那麼做是個白痴。
- 他的老婆被人謀殺，他的兒子死於癌症，而他是個越戰退伍軍人。你不能逮捕他。他已經受過太多苦了。
- 那是我的錯。
- 他只是企圖要拯救一個該死的白痴。

我不會這麼說

- 他是我最好的朋友。
- 他是我唯一真正的朋友。
- 請不要讓我傷害了他。

5月28日
下午6:27

那通電話

「你欠我$137。」

- $100留在了雪佛蘭Corvette裡，因為把人家的車窗打破了，「即便保險公司會給付。」
- $33是買新旅行袋的費用。
- $4是停車費。

「對，我沒事。你以為如果我有事的話，你就會欠我一份恩情嗎？」

「你說得沒錯。你欠我的遠遠不止$137。」

訓話。長篇大論。

說我是（前前後後說了好幾次）愚蠢、白痴、危險、魯莽、一個該死的傻瓜、混蛋、幼稚、膽識過人。還有，「你有種。」

「你在哭嗎？」

我在哭。

「你一個人？誰說你是一個人？你有吉兒。家人。我。你店裡的那些傢伙。你有時候會說一些最愚蠢的話。」

「你把20K給扔了，現在，你要怎麼處理錢的問題？」

「他會答應嗎？」

「等這件事結束時，去看看你老婆，你這個傻瓜。」

「我愛你，你這個愚蠢、該死、糊塗的白痴。」

5月28日
下午7:15

我給史提夫的提議

　　$30K取得半個書店（包括庫存）

　　36個月償清書店的債款

　　50/50的合夥關係

　　他得開除金伯莉

史提夫的議價

　　$20K取得半個書店（包括庫存）

　　立刻付現

　　50/50的合夥關係

加上

　　$5K取得一半的尿布和感謝卡生意

　　50/50的合夥關係

　　立刻付款

　　他會開除金伯莉

5月28日
下午7:50

運氣

錢還在雪佛蘭Corvette裡

比爾愛我

史提夫喜歡我

把尿布的說明和草圖以及感謝卡的點子留在桌上給史提夫看

我最終沒有落得坐牢的下場

比爾最終沒有落得坐牢的下場

凱希蒂很小隻，但不會有問題

吉兒愛我

我弄清楚了很多亂七八糟的事

5月28日
下午8:40

我告訴吉兒的

我買了哈利披薩給你。

我們的錢快用光了。

一談到生意，我的腦子就不靈光。

我讓史提夫成為書店的正式合夥人。

在我提出來的尿布和感謝卡的點子上，我們也是50/50的合夥關係。

我很抱歉。

我沒有告訴吉兒的

　　我在一個賓果會場搶了不止 $20,000，然後在隔天歸還了這筆錢，幫助我歸還的是一個我之前在賓果會場認識的老人，他愛我，而且是我很長一段時間以來第一個真正的朋友。

吉兒告訴我的

　　「你很聰明。讓史提夫成為合夥人實在太厲害了。」

　　「我可以更早回去工作。你不需要一肩挑起所有的重擔。」

　　「我們有一個女兒和彼此。其他的東西都是狗屁。」

　　「今晚留在這裡。我會騰出空間。我想要你躺在我身邊。我們可以親熱一下。」

5月28日
下午10:05

關於愛的21個真相

　　1. 真愛意味著在最愛你的人眼裡，你永遠夠好，但是在你自己的眼裡，你對他們而言，永遠都不夠好。

　　2. 愛最好的部分之一就是性感赤裸的狂歡。

　　3. 牽手——看情況而定——幾乎可以和性感赤裸的狂歡一樣棒。

　　4. 愛就是任由你所愛的人將其最野蠻的天性表露無遺。即便那代表著要讓折疊好的衣服經年累月地堆在洗衣籃裡。

　　5. 第一次說「我愛你」就彷彿從懸崖上跳下來，同時祈求上帝，希望對方能把你接住。

6. 真正浪漫的愛是願意共用一根牙刷。

7. 人們喜歡說，有時候你偶爾會憎恨你最愛的人，但是，那都是瞎扯。

8. 真正愛一個人，你必須要愛你從來不認識的對方、你今天認識的對方，以及未來模樣的那個對方。

9. 愛不會讓一切變得更好，但它會讓一切變得稍微容易一點點。

10. 我們對我們最愛的人說謊，為的是不讓他們看到我們最糟糕的部分，這是真的，不過也是胡說八道。

11. 愛是害怕你的另一半會比你先死，留下你一個人，同時且同樣地害怕你會先死，留下對方一個人。基本上，愛會要求你們同時被一顆你從未預見的小行星擊中而瞬間一起死亡。

12. 當你老婆上空的時候，你就是忍不住多愛她一點點。

13. 一見鍾情也許是胡扯，不過，在第十九分鐘左右愛上對方完全是真的。

14. 當你發一則「我愛你」的簡訊，而你得到的回覆不是一個表情符號，而是真正的文字，標點符號也使用合宜，那麼，你會知道愛是絕對的。

15. 愛是在一月中旬赤裸地走過一間冰冷的房間，而不用擔心你的小弟弟看起來不在最佳狀態。

16. 愛意味著許下你幾乎無法實現的承諾，然後奮戰到底、拚死地去履行它們。

17.「我愛你」是我們會在黑暗中對愛人低語的三個簡單的字，是我們會對不會說英語的狗所說的三個字，是我們會在性愛中狂叫出來的三個字，是我們站在墓碑前對死者說

的三個字，是我們在掛斷電話前對父母說的三個字，也是我們對那些和我們的生命美麗交織在一起的人百說不厭的三個字。

18. 也許沒有什麼比一個突如其來、令人心跳加速的熱吻更讓人興奮的了。

19. 愛一個人意味著你不需要他們成為最好的自己。只需要他們當個真實的自己。

20. 愛代表著你可以批評你所愛之人最煩人的特質，不過，如果有人膽敢提到任何這些特質的話，你就會割斷他們的喉嚨，讓他們就那樣等死。

21. 愛會讓你做出你這輩子最愚蠢、最勇敢、最荒唐和最白痴的事情。它讓你害怕、瘋狂、混亂又喜悅。愛就是所有的這些感覺。

5月29日
上午5:40

我半夜在醫院裡躺在我老婆身邊時做出的五個決定

1. 我會告訴她關於我那次的賓果搶劫。總有一天，無論如何。這是程式阿猴的風格。

2. 我會告訴比爾我愛他。

3. 吉兒在至少一年之內不會回去工作。可能的話，兩年。

4. 我需要見我父親。

5. 我需要原諒我父親。總有一天，無論如何。

5月29日
上午6:25

真相

　　天行者・路克在他父親生命的最終時刻原諒了他父親，即便在他父親殺了他的導師和他的許多朋友、並且企圖殺他姊姊之後。如果天行者・路克可以原諒他父親，有朝一日，我也可以原諒我父親。

　　星際大戰是虛構的。天行者・路克不是真的。不過，我父親也沒有企圖要接管銀河系。他只是不再打電話給我而已。對此，我可以釋懷的。

5月29日
下午12:10

比爾到醫院來

　　帶了花來。混蛋。我還沒帶花來過。

　　「你丈夫是一個好人，也是一個奇怪的人。」

　　坐在吉兒旁邊。在他們說話時握住她的手。

　　「你有小孩嗎，比爾？」

　　淚水。

　　聊到亨利和艾波兒。

　　淚水。

　　「我只是在做我所失去的每個人會希望我做的。往前走。過日子。和像丹這樣的傻瓜做朋友。」

比爾‧唐納文是一個越戰退伍軍人，他十二歲的兒子死於癌症，他的老婆被人謀殺，而他依然微笑，也會說笑話，並且送花給新手媽媽。

比爾‧唐納文是一個該死的超級英雄。

他抱凱希蒂的樣子，彷彿他抱小嬰兒已經抱了一輩子。

對我女兒唱〈你是我的陽光〉。這混蛋也能唱歌。

「比爾‧唐納文，我希望你當我女兒的教父。」

吉兒的點子。當場說出來。

眼淚。

「你才剛認識我。我不能當她的教父。」

流淚。比爾、我和吉兒。

「丹給了凱希蒂一點點的彼得。我希望給她一點點的你。她值得擁有她生命中很多很棒的人，越多越好。不要再哭了，老傢伙，儘管答應就是了。」

我老婆也是該死的超級英雄。

5月29日
下午2:05

史提夫的點子

　　成為本地學校的書籍供應商

　　和學校合作舉辦特別的學生活動

　　和本地作家／藝術家／教授合作舉辦寫作／藝術課（50/50對分）

星期五晚上的活動（詩歌朗誦、開放麥克風的即興演出、音樂）

播客亭（租用，也許擁有我們自己的？）

YouTube頻道

賣酒執照

咖啡（在我們有錢可以打造一家咖啡館之前，先採取自助式咖啡壺的方式）

5月29日
下午9:40

史提夫的來電

不要再自憐自艾了。這樣很煩人。

需要幫助很正常。你越快明白這一點越好。

我們應該在店裡舉辦讀書俱樂部。

我們不需要改店名。我也覺得新篇章這個名字很好。

金伯莉給她自己兩個星期。

不要問。

我們需要一隻店貓。

小心：你老婆在剖腹產之後可能一直還沒排便。那會是一個問題。

謝謝你這麼做。這正是我想要的。

5月30日
下午2:30

給凱希蒂的教誨

1. 絕對、絕對不要問一個女人她是不是懷孕了。

2. 老人家看起來很怪異，可是，他們有很多很多的好經驗可以告訴你。

3. 「我很抱歉。我犯了一個錯誤。我不會再那麼做了。」對於你可能惹上的任何麻煩來說，這句話永遠都是最好的第一反應。

4. 為人父母很難。在我們令你失望的時候原諒我們。要很快就原諒我們。拜託了。

5. 比起追逐自己的熱情，大部分的人更安於一份工作，結果一輩子在靜默的絕望中過日子（不太像是我會說的話）。答應你自己（還有我），你不會讓這種事發生在你身上。

6. 如果傑克叔叔說你不能兩者兼顧的話，不要聽他的話。他很聰明，也很善良，但是，他不夠大膽。

7. 你不需要很酷或很漂亮，才能和世界上最好的人結婚。最好的人知道外表並不重要，最酷的事情就是做你自己。

8. 記住，幾乎所有的災難在一年之內就會變得毫無意義。也許一週之內就會。

9. 出人意料的感謝卡是最好的一種感謝卡。

10. 怪異的人都很有趣。

11. 你永遠不會像你偶爾感到的那樣孤單。

12. 「總有一天，無論如何」不是一個計畫。

13. 和比你聰明的人做朋友。比你年長的也是。年長的人是最聰明的人。

14. 從跳板跳下來之前，先確定你的泳衣牢牢地裹住了你的身體。

15. 用手機錄影時，始終保持水平的方向。

16. 你父親說了太多髒話。在這一點上，不要和你父親一樣。

17. 如果有人問你要如何拼寫一個字，絕對、絕對不要叫他去查字典。這是弄清單字拼寫最愚蠢的方式。這麼做也是一種很糟糕的行為。

18. 絕對、絕對不要讓一個人單獨坐在食堂裡吃午餐。

19. 不要「太酷」，以至於不唱歌、不跳舞，或者不參加體育課。

20. 莎士比亞並沒有人們想讓你相信的那麼難。

21. 如果你想要什麼東西的話，就以書面形式去爭取。

22. 成功的人總是準時到達。輸家總是毫無預期地困在車陣裡。

23. 任何不需要兩分鐘或者不到兩分鐘就可以做好的家務，都應該立刻被做好。水槽裡永遠都不應該有碗盤。把衣服留在洗衣籃裡則是一種野蠻的行為。

24. 想要保證你未來會成功，你所能做的唯一一件最棒的事就是多讀書。

25. 絕對不要期望生命是公平的。

26. 投資指數型基金。複利真是令人驚嘆。據說。

27. 不要像你周遭的人一樣經常抱怨。如果可能，連抱怨都不要。

28. 看實境秀的節目從來都不會帶來任何好處。但願在你讀這

份清單的時候，實境秀已經不存在了。

29. 立刻和刻薄的朋友斷交。世界上有太多好人，你無須把時間浪費在一個自私的混蛋身上。

30. 你父親對你的愛永遠比你所知道的還要多。

31. 你母親是這個星球上最好的人，因此，你要一直善待她，並且永遠愛她。

5月31日
下午2:30

我會對老爸說的話

我們很相像。那就是我們的問題。

讓我們此刻就原諒彼此，並忘掉這件事曾經發生過。

為什麼是個藤架？

我愛你。我向來都愛你。

你想要見見你的孫女嗎？

6月

6月1日
上午6:00

財務狀況

存款：30,002

收入

我的收入：2,976

吉兒的收入：0

支出

房貸：2,206

Toyota：276

Honda：318

汽車保險：175

助學貸款：395

有線電視和網路：215

電費：143

汽油：0

電話：180

瓦斯：65

尿布：89

濕巾：42

Aquaphor❶：19

Boudreaux 屁屁膏（真的有這種東西）❷：15

加濕器：55

蘇菲長頸鹿：27

哺乳胸罩：39

嬰兒服：115

其他：很多。嬰兒很花錢。

每個小時裡，我有幾分鐘在擔心沒有錢的問題

> 2

6月1日

上午7:35

購物清單

家樂氏香脆麥米片

狗糧

Dreft高效洗衣精❸

班傑利的Chunky Monkey冰淇淋❹

筆記本

小黛比點心蛋糕

鬱金香

威力球彩券

6月1日
上午8:15

沒有以下這些東西的天數

巧克力糖霜甜甜圈	13
口香糖	4
哭泣	0
小黛比點心蛋糕	0（可惡）
綠色蔬菜	1
用牙線剔牙	0
顧客的抱怨	2
後悔辭去我的工作	0
老爸	0

6月1日
下午2:00

我最精采的投稿作品

不孤單

　　首先，我找到了愛。

---

❶ Aquaphor 是一種美國品牌的皮膚修復霜。

❷ Boudreaux 屁屁膏（Butt Paste）是一種美國品牌的護膚霜，可用來治療尿布疹。

❸ Dreft 是 P&G 旗下的品牌，產品包括洗衣精和洗衣粉。

❹ 班傑利（Ben & Jerry）是全球排名前五大的冰品公司。Chunky Monkey 是班傑利生產的一款加有碎巧克力與核桃口味的香蕉冰淇淋。

然後，我找到了友誼。
然後，我找到了我自己。

然後，她來到了，
而他也回來了，
於是，我又再度完整。

提交於6月1日，丹尼爾‧梅洛克，37歲

國家圖書館出版品預行編目(CIP)資料

關於愛的二十一個真相/馬修.迪克斯作；李麗珉譯.
– 初版. – 臺北市：春天出版國際文化有限公司,
2 0 2 3 . 1 0
面 ； 公分. – (春天文學 ； 29)
譯自 ： Twenty-one Truths About Love.
ISBN 978-957-741-752-7(平裝)

874.57 112014847

春天文學 29

關於愛的二十一個眞相 Twenty-one Truths About Love

作　　　者	馬修‧迪克斯
譯　　　者	李麗珉
總　編　輯	莊宜勳
主　　　編	鍾靈
出　版　者	春天出版國際文化有限公司
地　　　址	台北市大安區忠孝東路四段303號4樓之1
電　　　話	02-7733-4070
傳　　　眞	02-7733-4069
E － m a i l	frank.spring@msa.hinet.net
網　　　址	http://www.bookspring.com.tw
部　落　格	http://blog.pixnet.net/bookspring
郵 政 帳 號	19705538
戶　　　名	春天出版國際文化有限公司
法 律 顧 問	蕭顯忠律師事務所
出 版 日 期	二○二三年十月初版
定　　　價	460元

總　經　銷	楨德圖書事業有限公司
地　　　址	新北市新店區中興路二段196號8樓
電　　　話	02-8919-3186
傳　　　眞	02-8914-5524
香港總代理	一代匯集
地　　　址	九龍旺角塘尾道64號 龍駒企業大廈10 B&D室
電　　　話	852-2783-8102
傳　　　眞	852-2396-0050

Twenty-one Truths About Love by Matthew Dicks
Copyright © 2019 by Matthew Dicks
Published by arrangement with Taryn Fagerness Agency
through Bardon-Chinese Media Agency
Complex Chinese translation copyright©2023
by Spring International Publishers Co., Ltd.